KB113003

달빛마저 나를 응원해

김은정 휴먼에세이

달빛마저 나를 응원해

창작시대사

간병을 시작하면,
인생이 끝나는 줄 알았다

가장 따뜻하고 안락해야 할 가족이라는 울타리가 나를 조여오는 느낌이었다. 그동안 남에게 피해 안 주고 착하게 살아온 것 같은데, 왜 나한테만 제일 힘든 상황이 자꾸 연거푸 찾아오는 건지 원망하는 마음이 들었다. 애 둘 키우며 돈벌이하는 것만으로도 넋이 나갈 지경인데, 대한민국의 끝과 끝에 있는 우리 집과 어머님 댁 두 집을 돌보며 사는 우리 부부의 마음도 점점 끝과 끝으로 치달아가고 있었다.

이혼이 답이라고 생각했다. 사고로 갑자기 돌아가신 아버님, 그 후 급격하게 병세가 악화되어 돌봄이 필요한 어머님, 자꾸 며느리 도리를 요구하는 남편, 나 몰라라 하는 아주버님과 형님, 내 감정을 먹고 자라는 연년생 남매에, 어린 시절 상처가 그대로 남아 있어서 생각만 해도 자꾸 울음이 터질 것 같은 친정 부모님까지….

어머님은 육십 평생을 잘 다니시던 장소에서 길을 잃어 경찰의 도움으로 귀가하는 일이 생기기도 하고, 모두가 잠든 까만 밤 옷을 입고 가방을 챙겨 아무도 없는 허공에다 대고 대화를 하며 외출하는 일이 생기기도 했다.

치매가 급속도로 진행되고 있었다. CCTV를 설치해놓고 그 모습을 보자마자 바로 전화를 해서 집으로 돌아가시라고 해본 적도 있고, 이웃에 사는 어머님의 친언니에게 부탁해서 좀 찾아달라고 한 적도 있다. 요양보호사의 도움을 받은 적도 있지만, 점점 모든 상황이 한계에 다다르고 있었다.

그때쯤 남편도 나도 신경이 점점 예민해지기 시작했다. 우리도 맞벌이하며 두 아이를 키우고 살면서 육아와 삶의 무게만으로도 이미 축 처져 있는데, 우리가 어머님을 모셔와서 어떤 식으로 보금자리를 틀어야 할까를 맞춰가다가 수시로 다투곤 했다. 그도 나도 젊었고, 자기 생각이 더 중요했다. 듣기보다는 말하고 싶어 했고, 이해하기보다는 이해받고 싶었다.

그로부터 몇 년이라는 시간이 흘렀다. 모든 것이 알맞은 자기 자리를 찾았다고 말할 순 없겠지만, 그때와는 비교도 할 수 없을 만큼 편안한 마음으로 정을 나누며 살아가고 있다. 미워하던 마음이 이해하는 마음으로 바뀌었고, 원망하던 마음이 감사하는 마음으로 바뀌었다.

가정사를 펼쳐놓는다는 것은 부끄러운 일이라고 생각했다. 그래서 에세이가 아니라 소설로 써볼까 했다. 하지만 안타깝게도 소설 쓰는 법에 서툴러서 에세이 출간을 택했다. 이렇게 글을 쓸 수 있었던 데에는 나의 허물을 보임으로써 적어도 딱 한 가정이라도 살아나는 곳이 있다면 나의 경험도 그렇게 쓸모없이 숨겨야만 하는 건 아니라는 생각을 했기 때문이다.

내가 긴 터널 같던 시간을 통과하는 데에는 특별한 비법이 있었던 것은 아니다. 주저앉아 울고 있을 때마다 조용히 휴지를 건네주던 딱 한 사람이 늘 그 자리마다 있었기 때문이다. 꼭 그것처럼 나도 누군가의 무너지는 마음에 휴지를 건네줄 딱 한 사람이 되고 싶다. 울면서 하는 말을 다 들어주고, 눈빛으로 위로를 건네는 그런 사람이 되고 싶었다.

가족의 병을 받아들이는 데에는, 우리의 마음이 같이 아파지는 과정이 필요했다. 그때에는 아파서 죽을 것 같았는데 지나고 보니 그렇게 가족들도 아픔을 겪으면서 환자를 진심으로 이해하고 공감하는 마음이 생겨난 것 같아서 이것도 당연한 과정이구나 싶어졌다. 그 과정에서 조금 더 아파지는 가족이 생긴다. 당시에는 내가 가장 마음 아픈 사람이라고 생각했는데, 시간이 지날수록 남편이 더 아픈 사람이었다는 걸 알게 되었다. (1장. 아픔을 받아들이는 시간)

그다음은 겪어내는 시간이 필요했다. 피할 곳이 없었다. 가족이 아닌 누가 대신해줄 수 있는 일이 아니었다. 국가의 도움으로 돌봄 지원을 받는 부분이 있었지만, 그 모든 연결고리는 가족의 손으로 말끔하게 이어붙이는 작업이 필요했다. 그러면서 우리 인

생에서 맺음과 풀어짐이 얼마나 중요한지 알게 되었다. (2장. 온 가족이 아팠던 시간)

이어서 아픔을 극복하는 우리만의 틀을 만들어나가기 시작했다. 불신의 자리에 조금씩 믿음이 들어오기 시작했다. 세상에서 제일 미운 사람이던 남편이 제일 믿음직한 사람으로 변화해갔다. 그렇게 우리가 만드는 틀이 아이들이 인생 지도를 만들어나가는 데에 기본이 되겠다는 것도 알게 되었다. 더 이상은 아이들 앞에서 부끄러운 부모가 되고 싶지 않았다. (3장. 함께 극복하는 시간)

수시로 어머님 연세와 내 나이를 견주어 보면서 내가 앞으로 얼마나 더 건강한 모습으로 하고 싶은 일을 하면서 살 수 있을지 세어보곤 했다. 생각보다 그리 길지 않았다. 이처럼 소중한 시간을 나만 잘 쓰는 게 아니라, 다른 사람들도 잘 쓸 수 있길 바랐다. 그래서 점점 노인인구가 늘어나고 모든 가정에서 우리처럼 간병 가족으로서 겪어야 할 혼란을 조금이라도 짧게 겪고, 어서 극복하길 바라는 마음으로 대비하고 준비할 수 있는 법을 나누고 싶었다. (4장. 누구나 함께 대비하는 시간)

간병 중이지만 우리 가족에게도 드디어 안정과 평온이 찾아오게 되었다. 간병을 시작하면 삶이 끝나는 줄 알고 지레 겁을 먹던 나는 오히려 적극적으로 죽음과 나이 듦에 대해서 생각하면서 현재를 다져나갈 필요가 있다는 걸 알게 되었다. 그리고 모두에게 찾아오는 노화와 죽음 앞에서 가장 중요한 것이 무엇인지도 발견할 수 있었다. 모든 인간에게 공평하게 주어지는 삶을 어떻게 대하고, 어떤 가치를 추구하며 살면 좋은지 나누고 싶었다. (5장, 달빛마저 응원하는 시간)

글을 쓰며 어느 정도까지 자세히 써야 할까 고민하는 지점이 있었다. 다른 가족들은 내가 글을 씀으로 치유하고 성장하는 과정을 보내고 있다는 것을 이해할 수 있지만, 어머님은 그리하실 수 없다. 그렇기에 어머님의 숭고함을 지키고 존중하는 마음을 가지고, 이 글로 인해 세상에 조금이라도 밝은 빛을 줄 수 있는 방향인지 내 마음에게 끊임없이 물으며 방향을 잡아갔다.

부디 독자들의 마음에도 글자 하나하나가 품은 치유와 성장의 기운이 잘 도착하길 바라고, 각 가정에 평안과 위로가 번질 수 있길 빈다.

김은정

2장　온 가족이 아팠던 시간

3장　함께 극복하는 시간

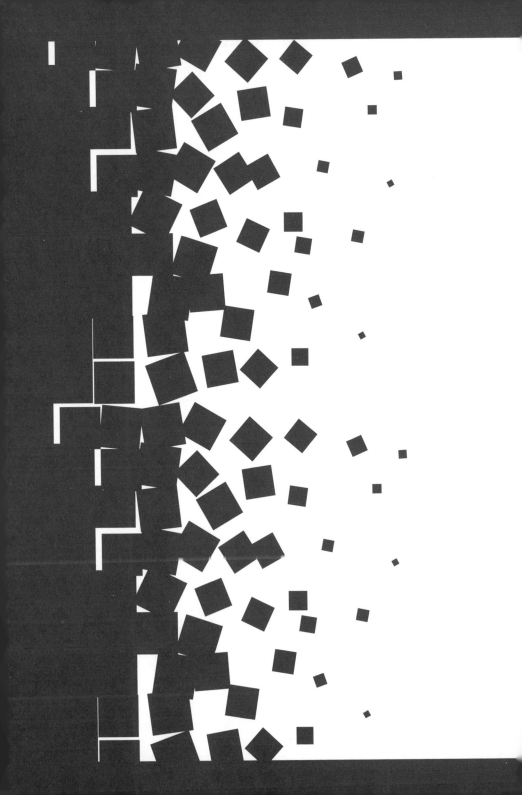

1장

아픔을 받아들이는 시간

Time to accept pain

Time to accept pain

저,
이혼하려구요

검색창에 이혼 전문변호사를 입력한다. 강남에 사무실을 둔 변호사 여럿이 듬직한 모습으로 팔짱을 끼고 있는 사진이 수두룩하게 뜬다. '이 중 한 명은 나를 도와줄 수 있겠구나'라고 여기면서 '어디에 가서 속마음을 털어놓으면 좀 덜 민망하고 덜 마음 아플까'를 생각한다.

남자 변호사보다는 여자 변호사가 좋겠다. 왠지 내 처지를 이해해줄 수 있을 것 같고, 앞으로 진행될 험난한 과정에 손이라도 한번 잡으면서 온기를 나눌 수 있지 않을까 하는 것까지 기대해보면서 전화를 한다. 토요일 아침 8시경이다. 그런 전화를 하기에 적절한 시간이 따로 정해진 건 아니지만, 내겐 그때가 절박한 순간이었고 그때 해야만 했다.

이런 곳에 이런 내용으로 전화할 줄은 몰랐다. 수치감을 느낄 새가 없었다. 마음이 아픈 게 더 컸고, 한번 마음이 아파졌다 하면 가장 최악의 상황을 상상하면서 괴로움이 눈덩이처럼 불어나고 있었기에 어서 예약이라도 해두고 싶었다.

내 상황을 설명하고 바로 다음 날인 일요일에 강남의 변호사 사무실에서 만나기로 하고 전화를 끊었다.

그래. 이렇게 한 단계씩 하면 언젠가 모든 상황이 정리되겠구나. 그럼 내 마음도 더는 아프지 않겠구나. 금요일 밤에 서로 다투고, 토요일에 눈이 떠지자마자 나는 짐을 챙겨서 집을 나온 상태였다. 이젠 어디로 가지? 친정에 이 꼴로 갈 수는 없다. 엄마 아빠 얼굴을 보면 분명히 눈물부터 나올 것이 뻔한데, 갈 곳이 아무 데도 없고 더구나 집에 들어가고 싶지도 않다. 토, 일, 1박 2일을 어디에서 보내야 할까?

그때 회사 동료가 이야기한 적 있는 템플스테이가 떠올랐다. 검색해보니 1시간 정도 차를 타고 가면 도착할 수 있는 곳에 1박 2일 일정의 템플스테이 할 수 있는 절이 있었다. 핸드폰 배터리가 다 떨어지기 전에 서둘러 출발한다. 나와 동갑인 중국인과 같은 방에 배정받았다. 한국말을 잘하는 부지런한 두 아이의 엄마였다. 한국 남자와 국제결혼을 해서 잘살고 있는 그녀였다. 남편 하나 바라보고 한국에 와서 단란한 가정을 이루고 사는 그녀가 부러웠다.

아침부터 아무것도 먹은 것이 없는 빈속으로 운전해서 절에 도착하고, 오후 내내 땡볕에서 사찰안내사로부터 절의 역사와 주변의 산과 문화재에 대한 설명을 들었다. 귀에 들어오는 것은 아무것도 없고, 점점 속도 울렁울렁하고 머리도 핑핑 도는 느낌이다.

첫 끼니는 저녁이 되어서야 절밥을 먹었다. 터져 나오려는 울음을 꾹 참고 나물밥을 꼭꼭 씹어먹는다. 절에서는 묵언수행을 하며 서로 수다를 떨지 않고 조용히 밥만 먹어도 되었기에 천만다행이다. 처음 만나는 사람들과 웃으며 대화라도 나눴다가는 아마 체했을 것 같다.

식사 후에는 모기향을 피워놓고 대웅전에 앉아서 스님의 말씀을 듣고 이야기 나누는 시간을 가졌다. 보통 둘씩 짝지어 온 가족들이었다. 다들 스님께 일반적인 고민을 나누고 고개를 끄덕거리며 훈훈하게 대화를 이어가는데, 나 혼자 고개를 푹 숙이고 눈물을 꾹 참고 앉았다. 그리곤 내 차례가 되어 스님께 이렇게 이야기했다.

"스님, 저는 이혼하려고요."

그다음은 잘 기억이 나지 않는다. 펑펑 울면서 내 상황을 다 이야기하고, 스님 말씀을 한참 듣다가 고개도 끄덕거렸다가, 마지막에는 이렇게 이야기했다.

"네, 다시 잘살아 볼게요."

그때 스님은 참 알 수 없는 말씀을 계속하셨는데, 그중에서 이런 질문이 기억에 남아 있다.

"너는 누구냐?"

그 질문에 나는 '두 아이 엄마'라고 대답했는데, 사실은 내가 두 아이 엄마가 아니라는 말씀이 이어졌다. '나는 그냥 나'라는 것이 스님 가르침의 요지였는데, 그게 어떻게 너덜너덜하던 나의 마음을 붙이는 풀칠이 되었는지는 아직도 잘 모르겠다.

'셋째아이'를 맞기 위한 또 다른 시작

　부끄러움을 느낄만한 처지도 아니었다. 템플스테이가 끝나는 바로 다음 날은 변호사를 만나기로 예약이 되어 있었기에, 제정신이 아니었다. 그렇게 신발을 신고 숙소로 어기적어기적 걸어가는 나에게 아이를 데리고 온 한 엄마가 말을 걸었다.

　그 엄마는 내가 가려고 한 길을 먼저 가본 사람이었다. 이혼 절차를 진행하면 어떤 일이 벌어지는지를 먼저 겪어본 사람이었다. 그래서 내 마음이 지금 어떤 상태인지 그 엄마의 눈에는 다 보였나 보다. 내가 패잔병처럼 숙소로 걸어 들어가는 뒷모습을 보고 도저히 눈에 밟혀 내 곁을 그냥 지나칠 수 없었나 보다.

　자기도 남편과 헤어지려고 법원을 들락거리던 시간이 있었다고 했다. 그 과정에서 부부의 삶이 피폐해진 것은 말할 것도 없고, 최악이었던 것은 아이의 마음이 완전히 병들어버린 것이라고 했다.

옆에는 초등 저학년 아이가 서 있었다.

한참 이혼 절차를 진행하다가 딸의 마음이 그 지경이 됐다는 걸 알게 된 자신과 남편은 모든 것을 멈추고, 그때부터는 딸의 치료에 전념하고 있다면서 그게 벌써 몇 년째 진행 중이라고 했다.

나는 어머님의 병을 간호하는 것이 감당이 안 되고 그것으로 인해 남편과 날을 세우는 것이 힘들어서 이 상황에서 벗어나고 싶었던 것인데, 아이들에게도 마음의 병이 생길 수 있다고 생각하니 갑자기 정신이 번쩍 들었다.

그 길로 변호사에게 예약 취소 문자를 보냈다. 그리고 내 마음속에서 '이혼'이라는 단어도 삭제해 버렸다.

생각해보니, 인생에서 어떤 문제가 닥쳤을 때 내 힘으로 정면승부를 해본 적이 없었다. 쉬운 길을 찾느라 빙 둘러서 돌아가거나, 아니면 아예 모른 척한다고 덮어두고 있거나, 다른 사람의 도움을 받아서 쉽게 난관을 뛰어넘는다고 좋아했었다.

하지만 엄마로서 그렇게 살아선 안 되겠다 싶었다. 아이들은 내 모든 것을 흡수한다는 것을 언젠가부터 알게 되었기 때문이다. 특히 내가 숨기고 싶은 것을 기가 막히게 눈치채곤 했다. 어른들이라면 욕심에 눈이 멀어서 보이지 않을 만한 것도, 아이들은 사람의 마음에 집중하기 때문인지 너무나 투명하게 알아보곤 했다.

내가 아이들을 키우는 게 아니라, 아이들이 나를 키우고 있는 게 아닌가 하는 느낌이었다. 그렇다면 어머님을, 두 아이에 이은, 나의 셋째로 맞이해보면 어떨까!

이제는 더 이상 어르신의 역할을 기대하기 어려운 어머님, 어쩌면 모시고 살게 되면 내 손길이 하나부터 열까지 미쳐야 할 텐데 아예 처음부터 아기라고 보듬고 돌보면 내 마음이 좀 더 편안해지지 않을까 싶었다.

이미 두 아이를 맞이하며, 아이를 기다리고, 돌보는 기쁨도 알게 되었고, 자식을 키우며 사실 진짜 성장하는 사람은 엄마라는 것을 알게 되었으니, 어쩌면 어머님을 셋째 아이로 맞이하는 것이 앞으로 간병하는 내 마음을 다스리는 데에는 더 큰 도움이 되겠다 싶었다.

마음을 다잡고 그때부터 '셋째 아이'를 맞이하기 위한 준비를 시작했다. 남편과 평행선을 달리던 나의 이기적인 마음은, 그가 충분히 고민하고 어렵게 결정한 것을 존중하고 받아들이기로 했다. 어머님을 셋째 아이라고 마음먹고 나니 큰 위로가 되고 힘을 발휘하기 시작했다. 아이를 맞는 일은 언제나 축복이기에.

첫 만남의 설렘을 가슴에 묻고

어머님이 따뜻한 눈빛으로 바라봐주시던 그 첫 번째 만남은 지금도 잊지 못한다. 상견례도 하기 전, 도대체 아들과 결혼하게 될 신붓감은 누굴까 궁금한 마음을 품고 어머님은 부산에서 서울로 올라오셨다. 한 식당에서 나와 남편, 어머님 이렇게 셋이 만났다.

어머님은 나를 보자마자 두 팔을 벌려서 아무 말 없이 꼭 안아주셨다. 어머님이라는 호칭이 아직 입에서 잘 나오지 않던 나였지만 그때 어머님의 품에 안기면서 내가 환영받고 있다는 느낌은 충분히 받을 수 있었다. 그렇게 어미 개의 품에 안긴 강아지가 느꼈을 것 같은 촉감이 지금도 내 마음속에 남아 있다.

내가 만나본 중년 여성이 그렇게 많진 않지만, 어머님은 유난히 다소곳하고 말수가 적은 조용한 분이었다. 평생 버럭 소리를 질러 봤을까 싶을 정도로 높낮이가 크지 않은 평평한 분이라는 느낌이었다. 안경 너머의 눈빛은 평온하고 따뜻했고, 옷차림은 수수하고 단정한 모습이었다.

나에게 뭘 많이 물어보지도 않으셨고, 며느리가 될 나를 이미 다 받아들이고 있다는 듯 그저 미소 한 번씩만 보내주셨다. 함께 밥을 먹으며, 이제는 새로운 집안의 일원이 되어가는구나 싶었다. 그리고 어머님의 조용한 모습이 드라마에서 보던 앙칼진 시어머니의 전형적인 모습들과 달라서 내심 안도했다.

결혼 전 이상형을 이야기할 때마다 항상 '나를 시집살이 시키지 않는 집안의 아들'이라는 희한한 단서를 달곤 했는데, 어쩌면 내 소원대로 살아갈 수 있겠다 싶은 설렘 같은 것도 있었다.

그로부터 얼마 후 내가 시가로 인사드리러 갔을 때 어머님은 나를 반갑게 맞아주셨다. 아버님은 남편의 미래 모습 같았다. 남편이 아버님을 닮았구나 싶어지자 마음이 조금은 편안해졌다. 처음 만나는 시댁 부모님 앞에서 무슨 말을 하고 어떤 표정을 지어야 할지 몰라 흰 눈밭을 밟는 것같이 조심스러웠던 기억이 난다. 나에게도 그런 새색시 시절이 있었다는 게 까마득하다.

그때 시가의 낯선 분위기 하나가 눈에 들어왔다. 분주하게 식사 준비를 하는 부엌으로 오신 아버님께서 시장하다며 어서 준비하라고 호통을 치는 것이었다. 그 호통은 어머님을 향해 있었지만, 그

공간에는 나도 같이 있었기에 덩달아 놀랐었다. 어머님은 아버님의 호통이 아무렇지도 않다는 듯 아무런 대꾸도 하지 않고 바쁘게 움직이던 손을 더 바쁘게 움직이실 뿐이었다.

또한 어딜 가든 짐가방을 드는 사람은 어머님이었다. 어느 날 나는 엉겁결에 그만 마음의 소리를 입 밖으로 내뱉기도 하였다.

"아버님, 이 짐가방은 아버님이 드셔야 하는 거 아니에요?"

아버님은 당황하신 모습이었다. 나도 내 몫의 짐을 들고 있었고, 모두 똑같았는데 어머님만 유독 큰 가방에, 아버님은 빈손이었기 때문에 정말 속마음이 궁금하고 이해하기 어려웠다. 왜 이런 모습들이 내 눈에만 이상하게 보였는지 모르겠다.

나를 포근히 안아주시던 어머님은 식구들과 함께할 때마다 유난히 주눅이 들어 보였고, 하고 싶은 말을 제대로 못 한 채 꾹 참고 지낸다는 느낌을 받았다.

성격이 화끈하시던 아버님과 무심한 두 아들 사이에서 홀로 여성으로 지내면서 조용하고 나긋나긋하던 어머님은 점점 마음을 표현하는 법을 잃어버리신 게 아닐까 추측하게 되었다

그러던 어느 날, 아버님으로부터 전화가 걸려왔다.

"느그 엄마가 이상하다. 사람이 좀 이상해."

이미 치매는
진행되고 있었다

아버님과 어머님이 부부 동반으로 오랫동안 참석해오던 모임에 간 어느 날이었다. 식사 후 남자는 남자끼리, 여자는 여자끼리 모여서 시간을 보냈는데 모임이 끝나고 나서 한 회원으로부터 아버님께 전화가 왔다고 한다. 아무래도 어머님이 예전과는 다른 사람이 된 것 같다며 병원에 가서 검사를 받아보는 게 좋겠다고 조심스럽게 말했다고 한다.

미심쩍은 생각이 들어 바로 검사를 했고, 그 결과 이미 치매가 진행되고 있다는 진단을 받은 것이다.

막 첫째를 출산한 후였다. 처음 전화로 소식을 듣고 실감이 나지 않았다. 또한 그 전화 한 통이 앞으로 우리의 삶을 얼마나 바꿔놓게 될지 아무런 짐작도 할 수 없었다. 놀라긴 했지만, 이제부터 자식으로서 뭘 해야 할지 모르겠다는 심정이 더 컸다. 하루하루 아이를 키우는 일과 내 한 몸 추스르는 것도 벅찼던 시기라 더 자세히 알아보고 도와드릴 마음의 공간 한 켠 만드는 것도 쉽지 않았다.

바로 다음 해에 둘째가 태어났다. 이미 두 아이 육아로 내 인생도 매일 끓는점 직전의 주전자처럼 뚜껑이 달싹달싹거리기 일쑤였다. 몸과 마음의 건강을 챙기기는커녕 두 아이를 먹이고, 씻기고, 재우는 것만으로도 혼이 쏙 빠져나갔다. 남편도 근무지가 바뀌어 회사에서 가장 힘든 시간을 보내고 있었고, 우리는 대화만 할라치면 서로 불꽃이 튀었다. 서로 내가 더 힘들다고 눈에 독을 품고 살았던 시기다. 속마음은 위로받고 싶다는 거였으면서, 입으로 내뱉었던 말은 당신보다 내가 더 힘들다는 발악뿐이었다. 대화가 될 리가 없었다.

둘째가 백일이 채 되지 않은 추운 겨울 새벽, 남편은 부산에서 전화를 받고 그 길로 기차역으로 향했다. 아버님이 큰 교통사고를 당해 응급실에 계신다는 거였다. 그로부터 며칠 후 황망하게 아버님은 돌아가셨고 어머님은 큰 상실감 속에서 힘든 마음을 달래야 했었다. 마치 겨울 같던 내 인생에 하늘에서 찬물을 끼얹는 느낌이었다. 아버지를 잃은 슬픔이 가시기가 무섭게 우리에게 필요한 것은 혼자가 되신 어머님을 어떻게 모셔야 하느냐하는 현실적인 문제에 대한 모색이었다.

의논 끝에, 갑자기 어머님의 거주지를 옮기는 것보다는 혼자 생활하실 수 있을 때까지는 그대로 살던 동네에 머물도록 하자고 결정했다. 부산 친척이 운영하는 곳에서 일을 할 수 있는 기회도 얻었기에 다행이라고 여겼다. 하지만 그 기대는 채 1년도 채우지를 못하고 어머님의 거처를 우리 동네로 옮겨야 했다. 우리는 어머님이 겪고 있는 '치매'에 대해서 너무 무지했었다. 그동안 아버님이 어머님을 얼마나 헌신적으로 돌보고 계셨는지를 아버님이 돌아가신 후에야 알게 된 것이다. 어머님은 돌봄이 꽤 많이 필요한 상황이었다.

처음 시집에 가서 놀랐던 아버님의 호통과 두 아들의 무심함이 어떻게 만들어진 문화인지 알 길이 없었다. 그런데 병을 알기 전까지 남자 셋은 어머님의 불통 기질이 치매일 거라고는 상상도 못 한 채 자기들만의 의사소통법을 이어가고 있었다. 그 시절에 중매 결혼이 아닌, 연애 결혼을 하셨을 만큼 낭만적인 만남을 가지셨던 아버님과 어머님 사이의 대화도 처음부터 호통과 불통으로 이루어지지는 않았을 것이다. 아주버님과 남편 역시 처음부터 어머님을 대화가 통하지 않는 답답한 엄마라고 여기며 무심하게 대하지는 않았을 것이다.

처음 울타리 안으로 들어온 이방인이었던 내 눈에는 이상하게 보였던 것들도 어느 정도는 어머님의 치매 증상에 대한 대처 방편이었다는 것을 시간이 지나고서야 이해할 수 있었다. 그리고 이제는 내 차례가 된 것이다. 어머님은 감정 표현을 잘 하지 않으면서 조용히 치매를 앓으며 무너져가고 있었던 것이다. 뭐가 불편한지, 무슨 도움이 필요한지, 지금 기분은 어떤지 알 수는 없지만, 살뜰히 보살펴드려야 하는 형편이 된 것이다. 그때의 내 기분은 한마디로 막막하기만 했다.

우리 집은 아무 문제가 없어요.
정말 화목해요.

남을 흉보는 일은 참 쉽지만, 내 흉을 드러내놓는 일은 참 쉽지 않다. 한 꺼풀만 벗겨보면 사람 사는 모습은 다 비슷비슷한데, 자존심이라는 마지막 한 겹을 벗질 못해서 늘 고고한 척, 괜찮은 척을 하다가 잘못된 선택을 내리는 경우가 종종 있다. 내 인생도 몇 겹의 두꺼운 장막을 친 시절이 길었기 때문에 이제부터는 홀가분하게 벗어두고 살고 싶은 마음이 자꾸 든다.

결혼 전, 마음의 문제로 상담 선생님 앞에서 한동안 심리상담을 받은 적이 있다. 표면적인 것은 직장에서 받은 스트레스가 너무 커서 우울감이 크다는 것이었고, 자세한 검사를 해보니 자살 충동지수가 너무 높게 나와서 상담 선생님이 깜짝 놀라 했을 만큼 당시의 내 마음은 많이 아픈 상태였다.

그때도 나를 싸고 있는 마지막 껍질까지는 절대로 벗지 않겠다는 신념 같은 것이 있던 터여서, 한참 직장 이야기를 하면서 상담을 하다가도 가족 이야기로 방향을 틀어서 질문을 하면 나는 이런 대답을 하곤 했다.

"우리 집은 아무 문제가 없어요. 정말 화목해요."

그리고 내 딴엔 최대한 자연스럽게 다른 주제로 대화를 옮겨보겠다고 애를 썼지만, 후에 내가 모든 것을 다 내려놓고 가족 이야기를 중점적으로 다루게 되자 선생님은 이렇게 말했다.

"아무 문제가 없다고 하는 게 제일 위험한 거예요. 사람 사는 데에는 어디에나 크고 작은 문제가 있고, 그걸 어떻게 풀어나가는지에 따라 건강한 삶이냐 아니냐로 나누어져요."

그리곤 덧붙여 아무 문제가 없다고 큰소리치던 나를 보고, 그렇게 숨기고 싶어 하는 아픔을 치유할 수 있게 도와줘야겠다고 결심했다고 한다.

내가 어머님 모시는 문제로 남편과 신경을 곤두세웠던 것은 내 어린 시절과도 관련이 있다. 장남과 맏며느리였던 아버지, 어머니를 보고 자란 나는 어릴 때부터 안 봐도 될 너무 많은 것을 보고 자랐다. 우리 집에는 몸이 편찮으신 할아버지, 할머니가 같이 생활하고 있었다. 그때는 지금처럼 '주간보호센터(노인 유치원)'나 '요양원' 같은 시설이 없던 시절이다. 각 가정에서 부모의 병 수발을 들어야 했던 시대였다. 그리고 그 역할은 장남이 지는 것을 당연한 것으로 여겼다.

7남매의 장남으로 살며, 꼭 나처럼 착한 아이의 모습을 하고 계시던 아버지, 장남의 역할이 자신을 짓눌러도 하소연할 수 있는 상황이 아니었을 것이다. 아버지의 고뇌가 얼마나 컸을지 이제는 이해할 수 있다. 지금의 나보다 열 살은 더 젊었을 당시의 아버지가 감당하기에 얼마나 막막하고 두려웠을지 이제는 그걸 헤아릴 수 있을 만큼 나도 나이를 먹었다.

자상한 남편 하나만 바라보고 종갓집 맏며느리로 시집온 우리 엄마는 결혼과 동시에 얼마나 많이 울었는지 모른다고 하셨다. 제사 때마다, 명절 때마다 장독을 닦다가 눈물을 흘리기도 했고, 끝이 없는 부엌일 끝에 친정엄마가 그렇게 보고 싶었다고도 하셨다. 할아버지와 할머니는 번갈아서 수시로 위독한 상황이 찾아왔고 그때마다 손이 발이 되도록 간병하는 사람은 엄마 한 사람이었다. 그리고 맏며느리의 언행에 늘 예의주시하던 친척들의 관심과 참견에 엄마가 몹시 힘들어하던 표정을 짓던 것이 지금의 내 마음에도 그대로 남아 있다. 엄마의 삶은 그렇게 어둡게 드리워져 있었다.

내 눈에 비친 아버지와 어머니는 얼이 빠진 사람들 같았다. 열악한 환경에서 자식 둘을 키우기도 쉽지 않았을 텐데, 부모를 모셔야 한다는 그 무게감이 얼마나 무거웠을지 잘 그려지지조차 않는다.

그리고 지금보다 장남에게 기대하는 것이 크던 시기였던 터라 아버지는 우리 아빠가 아니라, 집안의 종손으로서만 존재한다는 느낌이었다. 어머니 역시 우리 엄마가 아니라, 맏며느리 역할에 지쳐 웃는 법을 잃어버린 것 같았다.

그런 어머니와 아버지를 보고 자랐기에, 내가 똑같은 삶을 살게 될까 봐 두려웠다. 치매 어머님을 우리가 모시게 된다면 나도 그렇게 될 것 같았다. 기름기 빠진 삶이 될 것 같고, 지금보다 더 나를 잃어버리는 삶이 될 것 같아서 피하고 싶었다. 그런 내 마음이 남편에게 전해지니 남편의 섭섭함은 하늘을 찌를 듯 높아져만 갔고, 그때쯤 어머님은 자꾸만 집을 나가 배회하는 주기가 짧아져만 갔으며 우리 부부 사이는 벌어지기만 했다.

아마 그때 누가 우리 가족에 관해 물어보면 나는 이렇게 대답했을 것 같다.

"우리 집은 아무 문제가 없어요. 정말 화목해요."

하지만 세월이 흘렀고, 상처는 진물이 나던 시기를 거쳐서 딱지가 앉고 떨어진 후 새살이 돋아, 이제는 자세히 봐야 흉터만 작게 남은 상태가 되었다. 여전히 컨디션이 안 좋을 때는 상처 부위가 괜히 간질간질한 것 같고, 어떨 땐 이 흉터마저 없이 말끔한 상태라면 참 좋았을 텐데 하는 마음이 들기도 한다.

그래도 그 상처 덕분에 나는 아픔을 느끼고, 견디고, 이겨내는 법을 알게 되었다. 그리고 다른 사람의 상처를 듣고 이해할 수도 있게 되었다. 비로소 부모님의 삶을 이해해 볼 마음이라도 낼 수 있는 상태가 된 것이다.

가족 문제가 괴로운 진짜 이유

부산에 계시던 어머님을 우리 동네로 모셔오기로 했다. 나는 마음의 결정만 내리면 됐지만, 실제로 모든 계획을 짜고 실행에 옮기기까지는 남편이 결정해야 할 일이 많았다. 옛날엔 단칸방에서도 3대가 살았던 시절이 있었다고 하지만, 우리가 사는 집에서 어머님을 모시는 것은 무리가 있었다. 남편은 오랜 고민 끝에 우리 집으로부터 걸어서 5분 거리에 집을 구하기로 하였다.

어머님이 사시던 부산집을 정리하고, 우리 동네에 새집을 구하려면 당장 돈이 필요했다. 이쪽저쪽을 합치면 돈이 딱 맞아떨어진다고 하더라도, 부동산 계약부터 이사 당일까지는 여윳돈이 필요했다. 살던 집이 하루아침에 팔리지는 않으니 말이다. 나와 남편의 대출 가능 액수를 알아보고, 아주버님과 형님께도 좀 알아봐달라고 이야기를 해두었다. 아무런 소식이 없다. 그리고 결국 나의 직장을 배경으로 내 명의로 대출을 받게 되었다.

이사 당일, 아주버님이 어머님을 모시고 왔다. 함께 둘러앉아 돈 가스로 외식을 했는데 밥이 잘 넘어가질 않았다. 돈가스의 튀김옷보다도, 아주버님을 보는 내 마음이 더 까끌까끌했기 때문이다.

어머니를 모신다고 결정하고 집을 구하기 위해 애쓴 동생네에게 고맙고, 미안하다는 말이라도 한마디 해주길 내심 기대했던 모양이다.

듣고 싶은 말을 듣지 못하니 마음이 불편하고, 내가 만들어내는 괴로움에 갇히는 느낌이었다.

그날부터 우리는 간병 가족이라는 정체성을 하나 더 추가해서 살게 되었다. 좋은 것을 보고, 맛있는 것을 먹다가도 표정에 그늘이 드리워지고, 훌쩍 며칠간 여행을 떠나볼까 하는 것은 꿈도 꾸지 못하는 생활이 시작된 것이다. 그때까지만 해도 '어머님의 건강이 이 정도여서 천만다행이다'라는 감사함보다는 누리지 못하는 것에 대한 억울함이 자꾸 터져 나오려고 해서 힘들었다.

간병이 힘든 이유는 병을 앓고 있는 가족을 돌보는 데에서 오는 어려움도 물론 있겠지만, 그것보다는 그 주변을 둘러싸고 있는 마음의 문제가 더 큰 경우가 많았다.

대표적인 것이 비교에서 오는 괴로움이다. 누구네 시부모님은 아기 키우는 부부라도 금실이 좋아야 한다며 해외여행 다녀오는 동안 아이들을 살뜰히 보살펴주어 주기적으로 외국에 간다는 소식을 들었을 때, 일하며 아이 돌보는 며느리가 안쓰러워 시부모님이 아예 집을 근처에 얻어 아이를 전담해서 돌봐주고, 맛있는 반찬까지 만들어 준다는 이야기를 들었을 때는 그 가정에 축복을 보내는 마음보다는 구태여 느끼고 싶지 않은 좌절감이 자꾸만 커지는 느낌이었다.

같은 형제 안에서 느끼는 비교도 나를 힘들게 했다. 분명히 머리로는 우리가 마음을 크게 먹고 할 수 있는 일을 기쁘게 하자고 생각하지만, 막상 따뜻한 말 한마디 정도는 기대할 수 있는 거 아닌가 하는 반항심도 생기고, 그러다 보면 자꾸 바라는 게 많아지는 나를 만나는 게 더 힘들었다.

울타리 건너편에 있는 다른 가정의 모습을 볼 때는 밖에 치장해 둔 모습만을 보게 된다. 그 안에서 속속들이 무슨 일이 벌어지고 있는지는 알 길이 없다. 그리고 조금만 더 생각해보면, 연이어 좋은 일만 일어나는 것만큼 어색한 것도 없다는 것을 알게 된다. 그런데도 자꾸 우리 집에는 힘든 일 대신 좋은 일만 일어나길 바라는 마음이 들기 때문에 더욱 힘들어진다.

좋은 일 다음에는 힘든 일이 오고, 힘든 일을 잘 겪어내고 나면 이어서 좋은 일이 온다는 것을 우리는 누구나 알고 있다. 그런데 유독 가족 문제에서만큼은 양보하고 싶지 않고 손해 보고 싶지 않은 꿈틀거림이 커지는 건 왜 그런 걸까?

지금 상황이 평생 계속될까 봐 우려스러운 마음이 든 게 가장 힘들었다. 한번 금전적인 지원을 하게 되면 평생 해야 할까 봐. 한번 큰마음을 내어 한 행동인데 그것이 내 발목을 잡아서 아무리 힘들어도 웃으면서 계속해야 할까 봐 그 점이 두렵고 힘들게 느껴졌다. 나도 사람이라 기복이 생길 텐데 왠지 그런 것은 무시당할 것 같고, 한번 했던 사람이 평생 해야 할 것 같은 막막하고 불안한 느낌에 사로잡히곤 했다.

그리고 한번 모른 척한 경험이 있는 사람은 왠지 평생 그럴 것 같다는 불안감도 동시에 들었다. 내가 아무리 힘들게 하고 있어도 알아주지도 않고, 알고 싶어 하지도 않을 것 같다는 불만, 분명히 조금의 여유는 만들 수 있을 것 같은데 일부러 안 하는지도 모른다는 불신 같은 것이 가장 힘들었다. 그런 것은 모두 내 마음이 지어내는 거짓일 텐데 극복할 방법이 없었다. 그래서 나만의 상상을 계속할 수밖에 없었다.

'남편은 외동아들이고, 나는 외며느리이다. 어머님은 그동안 아들에게 모든 것을 바쳐 헌신적으로 길러주신 고마운 분이고, 어머님을 모시는 것은 기쁘고 숭고한 일이다. 어머님을 셋째 아이로 맞이하기로 한 결정은 내 인생에서 가장 값진 결심이고, 나는 그로 인해 넓은 마음을 가지며, 따뜻한 사랑을 배우고 실천하는 사람이 될 것이다.'

이때만 해도 옹졸한 마음을 완전히 거두기가 힘들었다.

그렇게 주문 같은 다짐을 매일 하며, 어머니와의 생활을 시작했다.

어머님과 한집에서 생활할지, 따로 집을 얻어서 근처에 모셔야 할지 신중하게 고민했었어요. 그런데 합가하면 그동안 우리가 누리던 일상이 많이 변하게 될 거고, 그러면 가족 모두가 큰 변화와 함께 혼란을 느끼게 될 것 같았어요. 그래서 집에서 5분 정도 거리에 집을 따로 마련해서 모시기로 하였어요.

아버님께서 갑자기 돌아가신 후, 혼자가 된 어머님은 아주버님 집과 우리 집에서 번갈아 가며 며칠씩 머물다 가시곤 했어요. 그때 저는 어머님을 잘 모셔야 한다는 생각에 두 아이가 어릴 때였음에도 청소와 반찬 만들기에 많은 시간을 쏟고 긴장하면서 지냈던 기억이 나요. 이야기를 들어보니 형님도 평소에 하지 않던 특별한 요리를 하며 여러모로 애를 썼다고 하더라고요.

그런데 집을 별도로 얻어서 어머님을 모시게 되자, 우리 가정에서 누리던 편안한 일상생활이 그대로 유지된 채 어머님을 위한 시간을 추가로 내는 것이라서 생활 모습이 크게 바뀌거나 침해받는 것은 덜했어요. 오히려 생각지도 않은 장점이 생기기도 했어요.

아이들에게는 할머니 댁에 놀러 가자고 하면 우리 집보다 물건이 없어 깔끔하고, 집에는 없는 티브이도 볼 수 있다면서 좋아했어요. 결정을 내리기 전에 먼저 집으로 어르신을 초대해서 최소한 1주일 정도 함께 생활해보고 저처럼 생활이 부자연스러울 만큼 의식주에 많은 신경이 쓰인다고 생각된다면, 따로 집을 얻어서 모시는 것을 더 추천합니다.

2장

온 가족이 아팠던 시간

A time when the whole family was sick

At ime when t he whole family was sick

부산에서
짐이 올라오다

부산에서 짐이 올라왔다. 이미 이삿짐 트럭에 싣기 전에 짐을 많이 버렸다고는 하지만 여전히 많다. 남편이 휴가를 내고 큰 짐을 정리한다. 나도 아이들이 어린이집에서 생활하는 몇 시간 동안 서둘러 소매를 걷어붙이고 짐 정리를 시작한다.

자리를 못 잡고 내 손길을 기다리고 있는 몇 무더기의 짐들이 있다. 그중에 대표적인 것이 오래된 과일청들이다. 아버님의 로망이었던 전원생활, 두 분은 갖가지 열매들로 청을 담곤 하셨다. 갓 담은 청을 선물 받아와서 우리도 분위기 있게 한 잔씩 마시곤 했었는데, 어머님의 그것은 처치 곤란이 된 천덕꾸러기 같은 신세로 애처롭게 처분을 기다리고 있었다.

웬만한 아이 몸무게보다 무거울법한 유리병에 담긴 과일청들을 보니 먹고 싶은 마음이 싹 사라졌다. 작고 귀여운 병에 담긴 것을 아껴가며 한 숟가락씩 먹는 것이 아니라, 몇 년을 묵었을지, 먹을 수는 있을지 알 수 없는 모습을 하고 있었다.

뚜껑을 열어서 냄새를 맡아보니 이미 먹을 수 있는 기한이 지나 있었다. 이걸 어떤 식으로 버려야 될까? 그 무거운 것을 조심스럽게 들어서 화장실 변기에 액체만 따라서 버리고 건더기들은 따로 모아서 음식물 쓰레기통에 버렸다.

다음으로 내 손길을 기다리는 것은 거대한 옷 무덤이었다. 커다란 봉투를 옆에 두고 버릴 것과 입을 수 있는 것을 바로 구분하면서 정리하기 시작했다.

어머님도 한때는 곱게 차려입고 사람들을 만나던 시기가 있었다는 것이 잘 실감 나지 않을 만큼, 어머님의 외출복은 주인 잃은 동물처럼 안쓰러워 보였다. 하지만 그런 감상에 젖어있을 때가 아니었다.

화려한 색깔의 눈에 띄는 옷부터 정리하기 시작했다. 옷걸이에 걸면서 이런 옷을 다시 어머님이 입고 화려하게 외출하실 날이 올까 고개가 갸웃거려지는 것도 있었다. 잠자리 날개옷 같이 하늘하늘하고 팔랑팔랑한 옷들이 특히 그랬다. 그때쯤 어머님은 실용적인 옷이 필요한 시기였다. 한번 옷 갈아 입혀드리는 것도 보통 일이 아니었다. 옷을 벗지 않겠다거나, 옷을 두 개씩 겹쳐 입겠다고 떼를 쓰는 경우가 있었다. 옷은 멋을 부리는 용도가 아니라, 어머님의 몸을 날씨에 맞게 보호해드리는 역할을 하기에도 호락호락하지가 않았다.

정리하다 보니 검정색 바지가 수도 없이 쏟아져나왔다. 내 눈엔 전부 비슷비슷해 보이던 그 많은 검정 바지들을 왜 사고 또 사셨는지 어머님께 묻고 싶었다. 아직 포장마저 뜯지 않은 새 속옷과 스타킹도 수두룩하게 나왔다. 언젠가는 입어야지 했던 것들이 어느새 새것에서 포장지 채로 헌 것이 된 듯한 느낌이었다. 우리가 누릴 수 있는 행복은 오늘 지금 바로 누려야 된다는 것을 알려주는 것 같았다. 옷 무덤을 정리하고 나니 힘이 쭉 빠진다.

마지막은 주방이다. 이미 부산 친척들에게 어머님 짐 중에서 필요한 게 있으면 다 가져가라고 했던 후여서 그런지, 멀쩡한 것이 별로 없었다. 물론 음식은 우리 집에서 만들어서 가져갈 것이기에 아주 최소한의 조리도구만 필요했지만, 어머님의 주방용품 중 쓸 만해 보이는 것이 별로 없었다. 주인을 잃은 도구들이 애처로워 보였다.

한 사람의 짐을 살펴보고 정리한다는 것은 그 사람이 앞으로 살아갈 자리를 내 손으로 다듬어준다는 것을 의미한다. 당장 오늘부터 새로운 보금자리에서 생활하게 될 어머님의 이부자리부터 신발장까지를 내 손으로 매만지면서, 이제는 정말 가까이 사는 우리 식구가 한 명 늘었구나 싶었다.

 셋째 아이를 위한 시간이 끝나면, 첫째, 둘째 아이가 올 시간이 다가온다. 그렇게 엄마인 나는 두 집 살림을 시작했다.

집 나간
셋째 아이

어머님은 평생을 살던 부산에서 떠나온 후, 새로 이사 온 우리 동네가 아주 낯설게 느껴졌을 것이다. 이미 방향감각이나 길을 찾을 수 있는 능력을 잃었기 때문에 혼자서 외출하는 것은 상상도 못할 일이고, 집 안에서조차 길을 찾지 못해 안방이 어디인지, 화장실이 어디인지 문에 크게 써 붙여놓고도 사람이 꼭 안내해야 했다. 집 안에 조금이라도 위험할 수 있는 물건은 아예 들이질 말아야 할 정도로 조심하며 어머님을 돌봤다.

그러던 어느 겨울날 아침, 요양보호사가 아침 돌봄을 위해 찾아오기 불과 몇 분 전 공백이 있는 시간에 그만 현관문을 열고 밖으로 나가신 적이 있다. 겉옷도 입지 않고 실내복을 입은 상태로 밖을 헤매다가 경찰의 도움으로 다행히 집 근처에서 찾을 수 있었다.

아이 둘을 등원시킨 후 서둘러 어머님 집으로 가보니 주간보호센터 원장과 요양보호사가 먼저 와 계셨고 곧이어 경찰관 두 분이 어머님을 모시고 집으로 들어왔다. 소파에 앉히고 손을 잡아드리자 어머님은 어린아이가 떨고 있는 듯 당황하고 겁에 질린 표정을 짓고 계셨다. 낯선 동네 길거리에서 얼마나 춥고 무서웠을까.

옆에 앉아 놀란 가슴을 쓸어내리고 있는데, 어머님 눈가에 촉촉한 눈물이 보였다. 다시 어린아이가 된 어머님 처지에서 지금 이 상황이 얼마나 당황스러울지 생각해보게 되었다. 누굴 믿고 의지해야 할지도 모를 마음, 어느 쪽으로 가야 내가 쉬는 공간인지도 모르고, 여기가 어디인지도 모르는 그 마음, 왜 이렇게 많은 사람이 나를 둘러싸고 있는 거며, 내 몸은 왜 추운지도 모르는 그 마음… 그 모든 마음을 눈가에 맺힌 눈물로 표현하고 계신 것이리라.

남편은 잘 알아보지만, 내 얼굴은 알아봤다가도 몰라보는 날도 있곤 했다. 그나마 어렴풋이 알 것 같은 내가 옆에 앉아서 어머님께 해드릴 수 있는 일은 등을 쓰다듬고 손을 잡고 놀란 가슴을 달래드리는 것뿐이었다. 여름보다는 겨울에 집을 나가는 것이 더 위험할 수 있다. 다행히 사람이 많지 않은 조용한 동네라서 혹시 같은 일이 벌어진다고 해도 금방 찾을 수는 있지만, 더는 어머님이 현관문을 열고 나가지 못하게 조치가 필요했다.

그래서 가벼운 책장과 의자를 두어서 그 자리가 현관인지 모르게 막아두었다. 집 안은 수시로 살펴보고 조금이라도 호기심을 끌 만한 위험한 물건이 있는지 확인했다.

우리 가정도 원래 살아가던 시계는 계속 흐르고 있고, 어머님의 시계 또한 흐르고 있다. 그 두 시계를 통합하는 일이 생각보다 만만치 않았다. 남편은 아침에 출근하면 밤에 오고, 나는 엄마 역할을 해야 한다. 다행히 낮에는 어머님도 주간보호센터에 다니시지만 어쩔 수 없는 공백 시간이 생긴다. 요양보호사가 오고, 센터에서 직접 등하원을 살뜰히 챙겨주지만, 그래도 내 손길이 꼭 필요한 순간이 있었다.

남편은 최대한 자신이 퇴근 후 밤에 어머님을 챙겨드리곤 했지만, 나도 낮에 할 일이 있었다. 그렇게 두 집에서 두 개의 시계가 흐르고 있었고, 나와 남편의 시계도 두 배로 빠르게 도는 그런 시기였다. 우리는 둘 다 말없이 각자 맡은 역할에 충실하기로 암묵적인 약속을 했다. 어머님에게 마음을 쏟다가 아이들에게 소홀해지는 때도 생겼고, 힘들어하는 남편을 보다가 나 자신에게 소홀해지는 때도 생겼다. 그래도 우리가 모시고 있다는 그 안정감은 생각보다 컸다.

처음부터 완벽할 수도 없고, 어쩌면 완벽해지고 싶지도 않았던 간병 가족의 삶은 어쨌든 시작되었고, 나는 차츰 어머님을 돌보는 일에 익숙해져 갈수록 남편의 그늘진 뒷모습을 볼 줄도 알게 되었다. 작은 변화가 생긴 것이다.

독한 약과
순해지는 어머님

치매는 치료제가 없다. 그저 병의 진행 상태를 늦추는 약만 존재할 뿐이다. 치료제가 없는 병을 앓는다는 것이 참 무섭다는 걸 알게 되었다. 어머님은 밤에 잠을 이루지 못하고 배회하는 경우가 있었다. 안전을 위해 집 안에 달아놓은 CCTV를 통해서 어머님을 보면 안타깝고 동시에 무서운 날이 있었다. 우리가 불을 끄고 잠자리에 들게 하고 나왔는데, 다시 불을 켜고 아무도 없는 방에서 막 화를 내면서 가상의 누군가와 싸우는 모습을 보이는 때가 있었다.

그때쯤은 거울도 모두 가렸다. 안방의 화장대 거울도 가려두고, 어쩔 수 없이 남겨둔 화장실 거울은 가끔 이야기 상대가 되어서 어머님은 한참을 화장실에서 나오지 않고, 웃으며 대화를 나누는 대상이 되기도 했다. 그런 모습을 보면 다리에 힘이 풀리고, 내 정신도 함께 아득해졌다.

그러다가 1인 2역으로 너무 심하게 다투는 증세가 심해져서 주기적으로 가는 병원에 이야기하고 증상에 맞는 새로운 약을 받아와서 먹게 되었다. 치매 증상 완화의 역할을 하는 그 약이 얼마나 약효가 센지 어머님을 보고 바로 알 수 있었다. 그렇게 기운 좋게 허공에 대고 삿대질을 하며 싸우던 어머님은 아무 말씀 없이 이불 위에 누워계시거나, 멍하게 한군데를 바라보곤 하셨다. 양쪽 어느 모습을 보아도 겁이 나고 무서운 것은 마찬가지였다.

약으로 치료하지 못한다는 절망감도 느껴졌고, 동시에 독한 약을 먹고 나서는 사람이 이렇게 무기력하게 기운을 내지 못한다는 것에서 손톱보다 작은 약 한 알의 힘이 얼마나 큰지 느끼게 되었다. 약을 조절하는 일은 우리가 마음대로 결정할 수 있는 게 아니었다. 주간보호센터에서의 어머니 생활 모습도 충분히 듣고 같이 상의해서 의사에게 어머님의 상태를 자세히 알려야 했다. 최근에 새로 생긴 증상이나, 집 밖을 자꾸 나가려고 한다거나 너무 심하게 화를 내며 혼자서 감정을 발산시키는 일이 있다는 것을 이야기하고 약으로 증세가 바뀔 수 있는지 물었다.

그래서 아주 미세하게 약을 조정해가며 어머님이 너무 힘들어하지는 않는지, 건강을 해칠 만큼 너무 강한 약은 아닌지 예의주시하는 것이 우리가 할 수 있는 일이었다. 하지만 육십 대인 어머님의 젊은 연세는 예쁜 치매로 시작한 증상이 점점 거칠고 무서운 모습으로 가는 데에 힘을 발휘했다. 몸은 건강한데, 머릿속의 기억은 사라지고, 망상이 시작되자 그때부터는 매일 어머님을 만나는 것에도 용기가 필요했다.

아이 둘을 재워두고 잠자리를 챙기려고 가보면 주간보호센터에서 하루를 보내고 오신 어머님이 닫힌 방문 안에서 큰 소리로 싸우고 있는 날도 있었다. 목소리까지 바꿔가며 양쪽 역할에 충실하게 몰입하는 어머님을 보면 막막함, 두려움, 절망감, 괴로움, 무서움 같은 여러 감정이 한꺼번에 몰려왔다. 내가 방문을 조금 열어도 전혀 눈치채지 못했다. 이럴 땐 가족으로서 어떻게 어머님에게 다가가야 하는지 배운 적도 없고, 그때마다 남편에게 하소연할 수도 없다. 남편도 이미 충분히 힘들어하고 있었다.

어머님의 증세가 심해질수록 내 마음에는 굳은 의지 같은 것이 생겼다. 치매가 시작되기엔 젊은 연세인 어머님, 나를 길러준 우리 엄마가 갑자기 다른 사람이 되어버렸다는 절망감을 짊어져야 할 남편, 그 둘을 위해서 내가 중심을 잡아야겠다는 생각이 조금씩 들기 시작했다. 나는 어머님과 핏줄로 연결된 것이 아니기에 남편보다 마음이 무너져내릴 일은 적었다. 나는 어머님의 현재 모습이 당황스러운 것뿐이지만 남편은 매 순간 엄마의 과거 모습이 겹쳐져 있기에 심적으로 많이 힘들어했다.

어머님이 밤에 잠을 못 이루고 망상과 배회 증상으로 힘든 싸움을 이어가던 시기, 남편 또한 간밤에 한잠 못 잔 채로 출근하는 날이 이어졌다. 나는 그 옆에서 잠을 잔다는 게 미안해질 만큼 우리 중 제일 힘든 시간을 보냈던 건 남편이라는 걸 차츰 알게 되었다.

어머님이 부산에 계시던 시절, 나는 아이들이 아주 어렸기에 남편을 통해서만 주로 소식을 듣곤 했다. 그때 할 수 있는 건 원망이나 회피밖에 없었다. 왜 하필 내가 앞으로 그 일을 해야 하는가 그런 생각이 앞섰다. 그래서 남편의 마음에 공감하지도 못했고, 어머님의 아픔도 자세히 알고 싶어하지도 않았다.

그런데 우리 동네에 와서 함께 생활을 시작하자 내 눈엔 안 보이던 많은 것이 보이기 시작하면서, 그동안 해보지 못한 생각들도 조금씩 할 수 있게 되었다. 나 한 사람이 바뀐다면 어쩌면 우리 집안 전체의 분위기가 따뜻하게 바뀔 수도 있겠다는 걸 알게 되었다. 남편은 이미 나에게 짐을 얹어주지 않으려고 최선을 다하고 있었다. 어머님의 시설 등급 신청이나 보험 처리, 병원 업무나 센터와의 의사소통을 전담해서 하고 있었다. 나는 그저 마음을 내어 어머님을 보살펴드리기만 하면 됐었다.

그게 내가 가진 전부이기도 했다. 나는 의학적인 지식이 있는 것도 아니었고, 어머님과 예전부터 정을 나누며 함께한 추억이 가득 쌓여있는 것도 아니었다. 그때 내가 할 수 있는 건 어머님의 현재를 그저 따뜻하게 감싸주고 사람의 온기를 나누어주는 일이었다. 차츰 그 일을 할 수 있어서 다행이고, 감사하다는 마음을 가지게 되었다. 내 마음을 따뜻하게 가질 수 있기까지 이렇게 시간이 오래 걸릴 줄 몰랐다. 처음 치매 소식을 듣고 수년이 지나서야 내 마음에도 작은 등불이 들어오기 시작했다.

잊히는 기억 속에서의 마지막 싸움

독한 약이 곧 기운을 잃었다. 어머님은 초반에는 내리 며칠을 기운을 못 쓰고 누워있는 시간이 길었는데 차츰 약에 적응하고 나자 다시 악을 쓰며 혼자서 고함치는 시간이 생기기 시작했다. 마음이 벌렁거려서 어머님을 돌보고 돌아오는 길에 저절로 눈물이 터졌던 어느 날 밤의 일이다.

이미 어머님 댁에 들어서자 안방이 시끌시끌하다. 요즘 센터에서도 보호사들의 말을 잘 듣지 않고, 씻자고 해도 싫다, 같이 노래 부르자고 해도 싫다며 다 같이 시간에 맞춰서 하는 일에 늘 고집을 부리며 뒷전에 앉아있고 싶어 한다는 이야기를 들은 터였다. 오늘은 어떤 주제가 어머님 속을 상하게 하는 건지 가만히 들어보려고 방문 앞에 선다.

그런데 평소와 주제가 아주 다르다. 어머님 입에서는 물론이거

니와, 보통 사람들 사이에서도 평소에 자주 입 밖으로 내어서 하는 말이 아닌 단어가 계속 튀어나온다. 오늘의 주제는 섹스다. 내용은 이렇다. 어떤 젊은 여자가 나이 든 남자 옆에서 자꾸 유혹한단다. 그리고 사람들이 다 보는 앞에서 자꾸 둘이서 섹스를 한다는 내용이었다. 어머님은 몇 번을 반복해서 말씀하시면서 벌건 얼굴로 화를 내고 계셨다.

마음이 안타까웠다. 이제는 나와 우리 아이들 이름과 얼굴도 가물가물해 가는데, 어머님의 잊혀져 가는 기억 마지막 자락에 남은 것이 성에 관한 이야기라는 것이 신기하기도 하고, 마음 아프기도 하고, 같은 인간으로서 저절로 처연해지는 기분이 들었다.

우리는 아무리 친한 친구 사이라 해도 남편과의 성에 관한 이야기, 자신의 성 관념이나 인식에 관한 이야기를 좀처럼 잘 꺼내지 않는다. 거의 사회 전체가 금기어를 대하는 듯 겉으로 이야기하는 사람을 보는 경우가 드물다. 누가 용기 내어 먼저 말을 꺼냈다가도 주변 사람 모두가 나는 마치 모르는 이야기라는 듯한 반응을 보이면 금세 부끄러움을 느끼고 입을 다물어 버리는 것이 보통의 문화이다.

그런데 세상에서 일어나는 사건 사고를 보면 우리가 입을 다물어 버린다고 되는 문제는 아닌 것 같다. 자꾸 겉으로 이야기하고, 건강한 성에 대한 열린 이야기를 많이 해야 할 것 같은데 속으로만 숨기고 있으니 정작 가장 힘이 약한 대상을 상대로 한 엽기적인 범죄가 일어나는 것이 아닐까 싶다.

치매 어르신이 웬만한 기억을 모두 잃어버린 상황에서 그렇게 극렬한 분노를 표할 만큼 내면에 가지고 있는 성에 대해 불편한 시선이 있다는 것에 마음이 아팠다. 평생 제대로 건강한 성에 관한 대화를 나눌 기회조차 없이 살아온 우리 모두의 모습 같아 보였다. 치매를 앓지 않는 나도 이야기를 꺼내 본 적 없는 주제인데 어머님은 지금 이 순간, 기억을 사로잡힌 채 살아가는 이 순간 그토록 열렬하게 얘기하고 계셨다.

한 가지가 더 있다. 다른 날은 돈을 가지고 그렇게 다투셨다. 두 역할을 해내느라 목소리까지 바꿔가면서. 한 명은 돈을 빌려준 사람이고, 또 한 명은 돈을 빌린 사람인데 제때 갚지 않은 모양이다. 어서 돈을 갚으라는 쪽과 못 갚겠다고 버티는 쪽의 입장이 아주 날카롭게 보인다. 어머님이 놀라시지 않게 가상의 둘을 잘 다독이고 눈을 바라본다.

어머님도 놀라 눈빛이다 한번 1인 2역으로 다툼이 일어나면 어머님은 스스로 멈출 힘을 갖지 못한다. 나도 몹시 당황스럽지만, 최대한 어머님이 놀라지 않게 싸움을 진정시키고 현실의 어머님으로 돌아올 수 있게 도우려고 노력한다. 하지만 쉽지 않다. 어머님은 분을 이기지 못하고 씩씩거리는 가슴을 들쑥날쑥하게 움직인다. 나도 심장이 뛰는 것은 마찬가지이다.

돈. 그것은 성 문제만큼이나 현대인들의 제일 큰 골칫거리가 아닐까 싶다. 부자가 되기 위해서는 부와 돈에 대한 좋은 생각을 안고 세상에 기여하는 삶을 살아야 한다는 책을 분명히 읽은 것 같은데, 어머님이 가운데에 두고 싸우는 그 얄미운 돈에 대해서는 한 대 쥐어박고 싶은 생각이 드는 것을 어쩔 수가 없다. 웬만한 기억은 다 사라져가는 마당에 마지막까지 어머님의 정신을 틀어잡아 바짝 쥐고 흔드는 돈이 원망스럽다. 그 돈, 있어도 그만 없어도 그만일 텐데 좋은 추억으로 정신을 가다듬었으면 좋을 이 상황에 왜 등장인물 둘을 만들어 싸우게 하는 건지 자꾸만 돈을 혼내고 싶어진다.

어른이 되면 순수하던 아이일 때와는 달리, 보고 싶지 않은 많은 것을 보며 살게 된다. 기쁨이 따라오는 만큼 힘들고 괴로운 것도 그만큼 많이 접하게 된다. 하지만 그동안 꺼내지 않았다고 해서 앞으로도 그래야 한다는 법은 없다. 특히 모든 인류의 삶에 당연히 함께하는 성과 돈에 관한 이야기는, 앞으로 더욱 좋은 문화를 만들기 위해서 더 많은 사람이 다양한 목소리를 낼 필요가 있다. 하지만 그럴 기회가 없고, 아직은 인식도 성숙해지지 않았다.

성과 돈 만큼이나 중요하지만 잘 다루어지지 않는 문제가 바로,

병과 죽음에 대한 것이 아닐까. 인간의 당연한 숙명이고 빈부와는 상관없이 모든 사람에게 공평하게 찾아오는 것이다. 그런데 건강한 때에는 물론이고 아픔을 겪고 있으면서도 자신의 병에 대해서 숨기고 죽음이라는 것에 대해서도 모두가 입을 다물어 버리는 게 우리들의 일반적인 모습이 아닐까 싶다.

하지만 나는 마지막 순간까지도 성과 돈으로 인해 외로운 싸움을 이어가시는 어머님을 보면서, 우리 삶에 꼭 필요한 주제에 대해서 더 이상 숨거나 피하지 말고 내 이야기를 할 수도 있고, 남의 이야기를 들을 수도 있는 사람이 되고 싶다는 생각을 갖게 되었다. 죽음은 지금 이 순간에도 모든 사람에게 똑같은 속도로 가까이 다가오고 있다. 누가 먼저 앞을 바라보고, 살아있는 동안 숭고하고 아름다운 삶을 만들어갈지 직시하느냐가 좋은 삶을 만드는 조건이 아닐까.

이불 속에서
신발이 나오다

어머님은 집 안에서 장갑을 끼고 있거나, 외출복을 벗지 않겠다고 고집을 부리거나, 벗어놓은 바지를 이불 밑에 넣고 자겠다며 물건에 집착을 보이곤 하셨다. 방금 재우고 온 유치원생 남매도 인형을 안고 자겠다고 했는데, 내 눈엔 그것과 다르지 않아 보였다. 어느덧 기억은 사라지고 내 손 안에 있는 물건 하나에서 더 안정을 느끼는 어머님이었기에 억지로 뺏을 수도 없었고, 최대한 하고 싶어하는 대로 수긍하고 넘어가곤 했다.

하지만 잠자리를 펴 드리는데 이불 밑에서 운동화가 튀어나오거나, 화장실 실내화가 방 안에서 발견되는 것처럼 점점 물건의 범위가 넓어지고 위생적으로 문제가 될 수 있는 상황이 벌어졌다. 어쩔 수 없이 치워야 할 때는 참 당황스럽고, 어머님이 화를 낼까 봐 하나하나 말로 설명하면서 몸을 낮추곤 했다.

어머님이 온종일 끼고 생활하는 안경을 벗겨드리고 이불을 덮어 잠든 모습을 보고 나오는 게 나의 매일 밤 할 일이었는데, 어느 날은 어머님이 이렇게 말씀하셨다.

"아이고, 이렇게 추운데 저를 돌봐주러 오셔서 정말 감사합니다~"

그리고 어느 날부터는 똑같이 안경을 벗겨드리겠다고 이야기했는데도 내가 누군지는 모르지만, 마음에 안 든다는 표정으로 냉담하게 이렇게 말씀하시곤 하였다.

"왜요? 내 안경은 내가 벗을 수 있어요!"

서로 다른 두 모습 모두 내가 모셔야 할 어머님이었다. 어떤 모습이건 나는 그에 맞도록 마음을 준비하고 있다가 그에 어울리는 대답을 해야 할 며느리였다. 왜 나를 못 알아보느냐고 하소연할 수도 없고, 어머님 말씀에 대답 없이 나올 수도 없었다. 비록 어머님이 지금 나와의 대화를 기억하지 못한다고 해도, 나는 내 행동을 볼 수 있기에 부끄러운 내가 되고 싶진 않았다.

어떨 땐 어차피 기억도 못 하실 텐데 지금 내가 하는 이 모든 행동이 무슨 의미가 있겠나 하는 생각이 든 날도 있었다. 그래도 어머님은 인간으로서의 존엄한 모습을 마지막까지 지키려고 노력하고 계셨다. 대부분의 날 기억이 사라지고, 체면도 사라진 모습으로 지냈을지라도, 아주 잠시 정신이 드는 날이면 꼭 나를 알아보고 내 이름도 불러주셨다. 그 잠깐을 기다리느라고 내가 정성을 쏟는 것인가 하는 생각이 들 정도로 그런 어머님의 모습이 반가웠다.

하지만 대부분의 날은 벽에다가 대고 이야기하는 느낌이었다. 전혀 일상적인 대화를 할 수 없는 어머님, 그런 어머님을 바라보고 돌보며 나는 수없이 많은 생각을 했다. 누군가 지금의 내 모습처럼 나를 돌봐줄 미래의 손길에게 미리 고마워하는 마음이 생기기도 했고, 그것은 사람이 아니라 로봇이 될 수도 있겠다 생각을 하면서 지금 내가 얼마나 인간다운 행동을 하고 있는지도 자꾸 의미 부여를 하려고 노력했다.

어머님은 손에 잡히는 물건에 의미를 부여하며 자신을 찾으려고 하는 것처럼 보였다. 도끼빗을 끌어안고 잠을 청하거나, 어느 날은 지갑을 손에서 놓지 않고 이불 속으로 가지고 들어가셨다. 반면에 나는 눈에 보이지 않는 가치와 의미라도 붙잡지 않으면 안 되었다. 사람이 사람을 돌본다는 것이 얼마나 가슴 따뜻하고, 위대한 일인지 나부터 알지 않으면 안 되었다. 그런 마음으로 남편을 다독이고, 나를 다독이면서 수없이 까만 밤을 두 집의 세 아기를 재우려고 종종걸음으로 오갔다.

내 안의 미움받을 용기

어머님 댁 문을 열고 들어가면 특유의 냄새가 났다. 필요할 때 어머님 스스로 문을 열어 환기를 시킬 수 없으니 현관문을 열자마자 제일 먼저 신호를 보내는 건 후각이었다. 맞바람이 치도록 집 안의 문을 모두 열어두어도 냄새는 잘 사라지지 않았다. 나는 이 냄새를 잊지 못한다.

삼십여 년 전 우리 집에서 나던 냄새다. 할아버지와 할머니가 작은방을 쓰고, 안방에서 엄마, 아빠, 나와 내 동생이 함께 생활하던 때였다. 할아버지, 할머니 방문을 열고 들어가면 나던 그 냄새다. 특히 겨울에 심했다. 웃풍이 심해서 창문을 아예 비닐로 막아두었던 터라 환기 자체가 불가능했다. 그때는 환기보다도 온기가 더 다급했던 시절이라 창문의 이음새에서 바람 한 줄기 들어오지 못하게 아예 비닐을 씌워 못으로 박아버렸었다.

그 냄새는 곧이어 시각과 청각적인 기억으로 연결된다. 엄마의 고단했던 표정과 한숨 소리로 연결된다. 나와 내 동생은 돌아가는 분위기가 어떤지는 잘 몰라도, 엄마가 힘들다는 것은 확실히 알 수 있었다. 엄마는 항상 예민하고 곧 화를 낼 것 같은 얼굴을 하고 있었다. 아빠는 없었다. 늘 바빴다. 그렇게 어린 시절의 기억을 단숨에 불러일으킬 만큼 감각은 힘이 있다.

나이가 들면 내 몸에서도 냄새가 날 것이다. 사람에게서 나는 냄새, 씻어도 나는 그 체취가 사라지지 않을 것이다. 옷을 빨아도 오래 입은 내 옷에는 그 냄새가 배어있을 것이고, 내 물건들에도 마찬가지일 것이다. 누군가 우리 집에 들어오면 그 냄새를 맡고 잠시 숨을 참을 날이 내게도 올 것이다. 우리 모두에겐 그런 날이 온다. 그렇게 생각하면 마음이 조금은 편안해진다. 그래도 지금 내가 다른 사람의 냄새를 맡는다는 것은 쉬운 일이 아니다. 그의 모든 것을 내 숨 안으로 삼킨다는 것이 때때론 쉽지 않다.

냄새뿐만이 아니다. 어머님이 나를 바라보는 시선이 참기 힘들어지는 순간도 왔다. 그나마 나를 기억할 때는 존댓말을 쓰며 오히려 깍듯하게 대해주었는데, 남아 있던 흐릿한 기억마저 사라지자 나는 어머님께 완전한 타인이 되어버렸다. 늘 어머님을 만나자마자 하는 '준이 엄마'라는 내 소개에도 냉담한 표정을 지으면서, 도대체 누군데 자꾸 내 방에 찾아오냐는 싸늘한 얼굴이다. 그럴 땐 나도 나를 알아봐 주는 따뜻한 눈길이 있는 곳으로 한달음에 달려가고 싶어진다.

나도 우리 엄마 아빠 품에 안기고 싶다. 만날 때마다 내가 누군지 소개하지 않아도 되는 나를 아는, 나를 사랑하는 사람들에게 가서 사랑받고 인정받고 싶다. 만날 때마다 초기화되는 기억을 애써 되살리기 위해서 매번 내 소개를 하고 자세를 낮추며, 의심의 눈초리를 보내는 사람에게 손길을 내미는 것은 쉽게 적응이 안 되는 일이었다.

남편은 차라리 어머님의 상태가 안 좋아질수록 툴툴거리며 투정도 부리곤 했지만, 나는 그럴 수 없었다. 어머님과 나 사이에 있는 좋은 감정선을 무너뜨리고 싶지 않았다. 그걸 지키겠다고 지금껏 노력해왔는데 비록 어머님은 기억하지 않을지라도 나는 마지막 순간까지 내 존엄성을 잃고 싶지 않았다. 그게 곧 어머님의 존엄성이기도 했다.

누가 보지 않는 자리에서는 사람들의 행동이 흐트러질 수 있다. 나도 그렇다. 아무도 보지 않는다고 해서 여기에 쓰레기 하나쯤 버려도 되겠지 하는 생각도 들고, 어려운 절차 하나쯤 살짝 뛰어넘고 싶은 욕심 같은 것도 생긴다. 아무도 안 보는데 뭐 어때 하는 마음이 작용하는 것이다. 어머님을 대할 때 그런 순간들이 있었다. 어머님을 관찰자에 포함시켜야 할지, 포함시키지 않아도 될지를 판단하고 싶은 욕심이 드는 순간이 있었다.

하지만 바로 그런 순간마저 내 마음의 CCTV는 돌아가고 있었다. 기억을 못 하는 어머님을 대하는 지금 내 모습이, 미래에 나의 기력이 다해서 누군가의 도움을 받아야 할 때 내가 받을 대접이라는 것을 되뇌었다. 그러니 어머님을 모시기로 마음먹고 매일 돌봐드리던 그 시간 동안 내 마음에는 '양심'이나 '인간의 선한 본성' 같은 단어들이 항상 가장 높은 곳에 자리하고 앉아서 나를 내려다보곤 했다.

그래서 도움받게 된 것이 있다. 어머님이 아들과 주간보호센터 원장을 제외한 모든 사람에게 적대적인 반응을 보이기 시작할 때, 나는 '하루아침에 이렇게 또 어머님의 상태가 급격하게 안 좋아질 수 있구나'라는 걸 보고 많이 놀랐었다. 나를 보는 눈빛이 싸늘하고, 말투는 앙칼지게 변했다. 센터에서 함께 지내는 할머니들에게도 그렇고, 돌봐주는 요양보호사들에게도 반항적으로 대하기는 마찬가지라고 했다.

누구에게 그렇게 매서운 눈초리를 받고, 찬바람이 도는 말을 들어본 적이 없다. 착한 아이로 자란 학생이, 예스맨 직장인이 되어 늘 고분고분하고 시키는 대로 하면서 칭찬받고 인정받는 것에만 익숙해져 있었다. 그런데 어머님을 통해서 처음으로 '누군가에게 미움을 받는 것이 이런 표현으로 나에게 전달되겠구나'라는 걸 느끼게 되었다. 물론 악의가 있는 표현이 아니었기에 마음이 찢어지는 것은 아니지만, 어쨌든 처음엔 많이 놀랐다.

그리고 앞으로는 미움받을 용기를 좀 내면서 살아도 괜찮겠다는 생각도 들었다. 어쩌면 어머님이 내게 하는 것처럼 알맹이 없는 미움일지도 모른다는 생각이 들었다. 잠깐 눈에 뭐가 씌었을 수도 있고, 상황이 나를 미워할 수밖에 없게끔 몰아갈 수도 있다. 내가 미운 감정을 불러일으키는 행동을 하고 사는 사람이 아니라면, 나는 어머님이 아니라도 언제든 누구에게든 싫은 내색을 받을 수도 있다고 가정하니 마음이 이상하게 편해졌다.

나는 누구에게 미운 소리를 들으면 안 되는 줄 알고 자랐다. 하지만 아니었다. 살다 보면 누구나 인생의 '악플'을 받을 때가 있다. 의도했든 의도하지 않았든 나를 향한 모든 표현이 꼭 이유가 있을 필요는 없고, 어떨 땐 이유 없는 상대의 독백을 그저 듣고 흘려야 할 때도 있다. 어머님은 지금도 나를 거의 못 알아보고 경계하곤 하신다. 그렇다. 모두가 나를 알아보고 대우해줄 수는 없다. 내 안에 있던 대접 받고자 했던 마음, 인정받고 칭찬받고자 했던 마음을 모두 내려놓을 수 있게 되었다.

인간관계가 정리되는 시간

아버님을 황망하게 보내드리고, 어머님 역시 치매가 깊어져 의사소통이 어려워지면서 나는 인간관계가 어떻게 끝맺음 되는지 그 결말을 조금은 알 수 있었다.

하루아침에 교통사고로 응급실에 실려 간 아버님을 뵙기 위해 백일 된 아기를 안고 부산으로 향했다. 머리를 심하게 다치신 아버님의 모습을 보자 저절로 눈물이 터져 나왔다. 며느리의 작은 실수도 늘 귀엽게 봐주시던, 내가 만나본 가장 근사한 쾌남이었던 아버님이 의식 불명 상태가 되어 누워 계셨다.

앞이 캄캄하고, 앞날이 막막했다. 갓 태어난 둘째를 아직 한 번도 본 적이 없는 아버님이 어쩌면 영영 아기 얼굴도 한 번 못 보신 채 세상을 떠날 수도 있다는 말을 들었을 땐 어지러움이 느껴졌다.

조카들도 전부 아들, 우리의 큰아이도 아들이었기에 손녀를 그토록 바라셨는데 정작 손녀가 태어나자마자 아버님은 사고를 당하셨다. 의사는 무거운 목소리로 '가망이 없다'라고 했다.

오래된 친구 세 분이 아버님 곁을 지키고 있었다. 어쩌면 마지막일지도 모르는 모습을 눈에 담고 또 담으려고 며칠간 병실을 지키고 있다고 했다. 이미 눈물이 말라버린 남편, 아주버님과 함께 든든하게 자리를 지키고 계신 아버님 친구분들을 보니 더욱 아버님이 그리워졌다.

며칠 후 아버님은 운명하셨고, 장례 절차를 마치고 장지로 향할 때도 아버님 친구분들은 아버님과 함께하셨다. 친구의 마지막 가는 모습을 지켜주려는 모습을 보면서 진정한 우정에 대해 다시금 생각해보게 되었다.

어머님의 치매 증상이 약할 때는 40년 넘게 계속하신 종교 모임 친구분들이 어머니를 위해서 기도도 해주고, 꾸준히 관심을 보내주었다. 하지만 더 이상 대화가 어려워지는 단계가 되자, 그분들이 집으로 찾아오는 것이 마땅치 않게 변해버렸다. 친구분들은 어머님의 건강하던 시절을 기억하며, 지금 상황이 안타까워 눈물도 짓고 종교의 힘으로 이겨내라고 기도를 권하기도 했지만, 어머님은 이미 기억의 강을 건너버린 듯 찾아온 사람들이 누군지, 당신이 어떤 종교에 의탁해 있었는지를 기억하지 못했다. 도리어 어머님을 혼란스럽게 만들고, 그나마 남은 기억까지 자꾸 엉클어지는 느낌이 들어서 나와 남편도 계속 찾아오면 어떻게 해야 하나 걱정이 들 정도로 만남을 지속하는 것이 힘들어졌다. 그러다 보니 그렇게 어머님의 40년 넘는 종교활동과 그 속에서 형성되었던 인간관계는 어머님의 사라지는 기억과 함께 자연스럽게 정리가 되어버렸다. 이번에도 역시 인간관계가 어떤 식으로 결말을 맺게 되는지 그 정답지를 먼저 봐버린 것 같아서 마음이 씁쓸했다.

나도 꾸준하고 성실하게 살아오면서 많은 사람과 관계를 이어왔다. 간도 쓸개도 다 빼줄 것같이 가깝게 지내며 하루에도 여러 번 연락을 주고받으며 친교를 최우선에 둔 적도 있었고, 가끔 연락하는 관계지만 그 어떤 사이보다 신뢰 관계가 깊은 친구도 있다.

여전히 인간관계가 쉽다고 여겨질 때보다 참 알다가도 모를 어려운 일이라는 생각이 드는 순간이 많다. 정을 주고받는다는 게 왜 이렇게 어려운 일일까 싶어서, 서툴기만 한 내 모습이 불만일 때도 있다.

하지만 마음을 편하게 먹기로 했다. 아버님, 어머님의 인간관계의 이어짐과 맺어짐을 보면서 나는 오히려 마음이 편안해졌다. 살아있는 동안, 건강한 삶을 영위하는 동안 충분히 정을 나누고 살면 그것만으로도 족하다는 걸 알게 되었다.

특히 쓸모가 없는 것은 관계를 증명하려고 하거나, 내세우려고 하는 것이고 그런 무의미한 곳에 에너지를 절대로 쏟지 말아야겠다는 것을 느꼈다. 지금 내 마음을 편안하게 하는 사람과 가까이 지내고, 내가 상대방에게 고마움을 느끼는 것처럼 상대방도 나에게 같은 감정을 느끼고 서로 표현할 줄 아는 관계를 잘 가꾸어 가는 것에 집중하고 싶어졌다.

특히 SNS에서 누구와 친교를 자랑하는 일은 그만하고 싶다는 생각이 들었다. 인생에 시도 때도 없이 몰려오는 풍파를 가만히 맞을 일이지, 호들갑스럽게 좋은 날을 시끄럽게 떠들고 싶지 않다는 생각도 했다. 내게 오는 어떤 일도 담담히 기록하는 것만으로 이미 내 삶은 가치가 있다고 생각하게 됐고, 그런 것을 같은 호흡으로 공감하는 사람들과 따뜻한 걸음을 함께 하고 싶다고 느꼈다.

SNS 밖의 관계는 오히려 더 따뜻하다. 서로의 인생을 더 솔직하게 나눌 수 있고, 마음을 다해 안아주고 손잡아줄 수 있다. 같이 휴지를 나눠가며 눈물 흘릴 수 있고, 별것도 아닌 일에 속없이 목젖을 드러내며 웃는다. 인생의 모든 단계를 나눌 필요도 없다. 그저 그 순간 함께 있는 사람들과 가장 정다운 시간을 아낌없이 즐기면 된다.

모든 관계에는 시작이 있고, 인간의 삶이 그렇듯 관계에도 좋은 맺음이 오는 순간이 온다. 건강이 허락하지 않아서든, 생의 시계가 끝났기 때문이든, 모든 사람 사이에는 이별이 온다.

뒤를 돌아보았을 때 저절로 미소가 떠오를 수 있기 위해서, 지금의 만남과 소통에 더 정을 담고 싶다. 내가 줄 수 있는 만큼 가득, 내가 받을 수 있는 만큼 감사하게.

책에는 최대한 격한 감정을 덜어내고 이야기를 이어가고 있지만, 어머님을 모시던 순간순간 한 번씩 힘든 마음, 도망치고 싶은 마음 같은 것이 생기는 날도 있었어요. 어머님 간병 이전에, 우선 저의 마음이 흔들리지 않고 단단했으면 좋겠다는 생각을 참 많이 했습니다. 그래서 마음 수련에 좋다는 것을 전부 다 해보곤 했어요. 제가 도움받았던 것 몇 가지를 소개할게요.

1. 독서와 글쓰기

현실을 바꾸는 가장 간단한 방법이 책 읽기라는 것을 동네 도서관에 다니면서부터 알게 되었어요. 수많은 책이 저를 위로하는 느낌을 받았어요. 동시에 매일 글을 썼어요. 가장 힘든 시기에 쓰는 것을 멈추지 않으면서, 제 안에 있던 작은 감정까지도 자세히 살펴볼 힘을 기를 수 있었습니다.

2. 불교대학

봄과 가을, 1년에 두 번 개강하는 약 1년 과정의 초심자를 위한 불교 입문 과정입니다. 저는 천주교 세례명을 가지고 있는 사람인데, 한창 힘들 때 우연히 가게 된 템플스테이에서 만난 분의 소개로 불교대학에 가게 되었어요. 처음엔 적응을 못 했었는데, 그런 걸 가릴 처지가 아니었던 저는 봉사활동에도 열심히 참여했었고, 결국엔 마음에 힘을 얻는 데에 큰 도움을 받았습니다.

3. 감정코칭

　어머님을 요양원에 모신 이후 늦게 접하게 된 것이 감정코칭인데, 간병을 시작할 때부터 알았더라면 큰 도움을 받았겠다는 생각이 들어 소개합니다. 주로 배우는 것은 자녀와 부모 사이의 감정을 기반으로 바른 관계를 만들어나가는 것인데, 남편과의 대화, 어머님과의 대화에도 충분히 적용해볼 수 있는 좋은 방법을 많이 알려줘서 마음을 다스리는 데에 큰 도움을 받았습니다.

　용기를 내어 온라인상에 공개된 글쓰기를 하기도 했어요. 어머님을 모시며 느낀 소소한 일상을 적어두면 그 글을 보고 저와 비슷한 처지에 있던 분들이 절절한 내용의 댓글을 달곤 하셨어요. 가정마다 며느리로서, 딸로서, 어르신을 모시느라 많은 어려움을 겪고 있다는 것을 알게 되었어요.

　서로 그것을 극복하고 이겨내는 자신만의 작은 방법이라도 나누면서 살면 참 좋겠어요. 그런 마음으로 제가 해보고 좋았던 것들을 소개했습니다. 전부 저의 비용으로 다른 참여자들과 똑같이 참여했던 것들입니다.

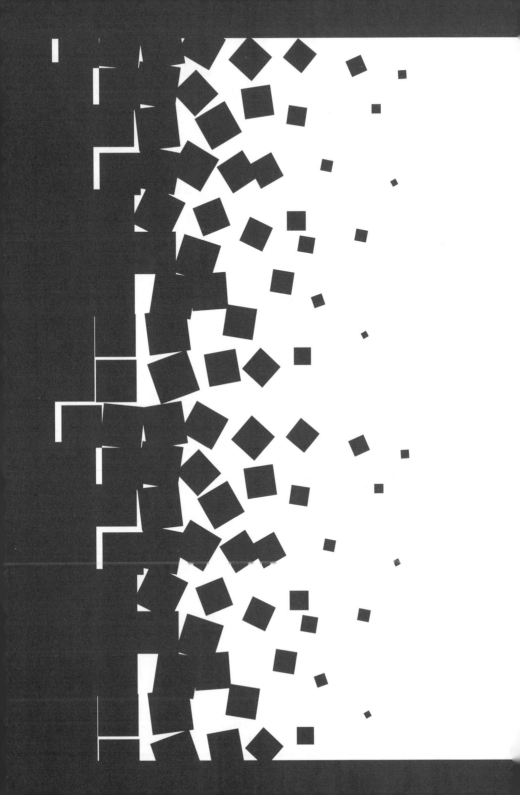

3장

함께 극복하는 시간

Time to overcome it together

Time to overcome it toget her

매일 밤
달빛 아래 데이트

　우리 집과 걸어서 5분 거리에 어머님 집을 구한 것은 우리 부부에게 생각지도 않은 매일 밤 데이트 시간을 선물해주었다.

　어머님이 오고 나서 처음에는 집안일이 두 배로 늘어나고, 내 마음의 짐도 몇 배는 무거워진 느낌을 받았다. 남편이 퇴근 후 힘든 몸을 이끌고 어머님을 돌봐드리러 가도 나는 수시로 엄마를 찾는 아이들을 놔두고 함께 따라갈 수가 없었다. 상황이 그렇기도 했지만, 내 마음에서 아이들을 핑계 삼아 함께 가고 싶지 않았다는 것이 더 솔직한 심정이다.

　그러다가 문득 그의 축 처진 어깨가 눈에 들어왔다. 그는 하루 종일 스트레스 받으며 직장생활을 하고 퇴근 후에는 간병하는 아들이라는 정체성으로 갈아입고는 어머님을 돌봐드리러 가곤 했다. 그의 뒷모습이 시간이 꽤 흘러서야 내 눈에 들어왔다. 그만큼 마음의 여유가 없었던 시절이었다. 하지만 한 번 본 그의 바람 빠진 고무풍선 같은 모습에 내 마음도 조금씩 움직였다.

그는 내 마음이 스스로 움직일 때까지 며느리로서 해야 할 역할을 강요하지도, 억지로 요구하지도 않았다. 최대한 그가 직접 했고, 내가 작은 것에라도 손을 맞대면 '수고했다'라고 말하고 '고맙다'라는 표정을 지었다. 내 마음에도 느껴지는 바가 많았다. 어머님이 올라오시면 큰일 나는 줄 알았다. 갑자기 나는 비련의 며느리 주인공이 되어 내 삶이 송두리째 날아가고, 간병하다가 허리가 꼬부라질 줄 알았다. 그런데 아니었다.

간병하는 가족의 삶이 무너지지 않도록, 다양한 돌봄과 도움의 손길을 받을 수 있었다. 우리가 내는 세금이 어떤 식으로 사용되는지 눈으로 보고 몸으로 느끼며 살게 되었다. 우리 가족끼리 짊어져야 할 짐이 아니라는 생각이 들자 조금씩 마음을 내어 어머님을 돌봐드려야겠다는 생각이 들었다. 초저녁부터 밥을 먹이고, 아이들을 일찍 재운 후, 매일 밤 어머님을 돌봐드리러 달빛 아래를 걸었다.

우리 집에서 어머님 집에 가려면 육교 하나를 건너야 했다. 그 육교를 걸으며 엄마라는 정체성은 그대로 유지한 채 첫째와 둘째를 재워두고, 이제는 셋째 아이도 재우러 간다는 마음으로 갈아입었다. 거기에 육교가 있었기에 내 마음도 한 번 올라갔다가 내려올 수 있었다. 그리곤 제자리를 찾을 수 있었다. 오늘 나의 하루가 어땠든지와 상관없이 셋째 아이에게로 향하는 내 발걸음은 매일 똑같은 모습이었다. 가식이 없고, 거품이 없는, 수수한 엄마 모습을 하고 갔다.

차츰 어머님을 돌봐드리는 것이 당연한 밤 풍경이 되어 갔다. 남편 혼자 하던 일을 내가 주도적으로 하기 시작했다. 남편이 야근하고 늦게 오는 날, 특별 근무를 하느라 밤에 오지 못하는 날, 멀리 출장 가서 며칠을 자리 비워야 하는 날에도 육교를 지나는 내 발걸음은 계속되었다. 그때쯤 어머님은 나를 알아보시고, 고맙다고 하셨다. 이 추운 날 자신을 돌봐주러 온 것에 대해 따뜻한 눈빛으로 고마움을 표하셨다. 짧은 날이었지만 그 눈빛을 기억하며, 후에 차가운 눈빛으로 바뀐 어머님을 대할 때도 내 자세만큼은 변하지 않으려고 노력했다.

내가 혼자 어머님의 잠자리를 살피고 집으로 돌아오는 때에 남편은 어머님 댁 CCTV를 확인하곤 나를 마중 나와 있곤 했다. 그도 나를 향해 가지는 고마움을 그런 식으로 표현하곤 했다. 하루 동안 쌓인 고단함을 얼른 내려놓고 싶을 텐데 옷도 갈아입지 않고 그대로 육교 아래에서 나를 기다리고 있거나, 어두운 밤길에 키 낮은 나무를 사이에 두고 내 옆을 말없이 걷곤 했다. 우리 둘은 그렇게 함께 걸었다.

그렇게 밤길을 걸으며 우리는 서로 느꼈다. 지금 우리가 짐을 나눠서 지고 있구나. 서로 짐 보따리를 책임지라고 떠밀던 우리 둘이 많이 변했구나. 막상 둘이 힘을 합쳐서 해보니 그렇게 힘들지 않구나. 앞으로도 이렇게 차분히 헤쳐나가면 충분하겠구나. 어머님도 당신의 몫에 최선을 다하고 계시는구나. 우리 둘도 그렇게 하면 되겠다. 자식으로, 어미로, 아비로, 우리가 할 수 있는 만큼을 서로 도와가며 하면 되겠어.

잔뜩 벌어졌던 남편과의 관계가 어머님이 오신 이후 차츰 좋아지기 시작했다. 우리에게도 서로 치열하게 사랑하던 시간이 있었는데, 왜 미움만 사이에 두고 그렇게 자기 목소리만 냈을까 싶어졌다. 그땐 나만 힘들다고 생각했기 때문이었다. 피해의식에 사로잡혀 있으니 나보다 덜 힘든 것 같은 사람을 공격하고 싶었었다.

앙칼진 눈빛을 거두자, 우리 사이엔 위로의 시간이 찾아왔다. 그렇게 매일 밤 소란스럽지 않게 우리 둘은 걸었다. 이쪽 집에서 저쪽 집으로 옮겨가면서 우리는 부모 역할을 했고, 하루 동안 있었던 일을 간단히 나누면서 내일 걸을 길도 미리 이야기 나누곤 했다.

그러니 더 이상 앞으로의 길이 두렵거나 걱정되지 않았다. 지금처럼 함께 걸으면 되겠다 싶었고, 그도 같은 생각을 하고 있을 거라는 믿음이 생겼다.

그렇게 달빛마저 우리를 응원하는 게 아닐까 싶은 밤길 데이트는 매일 계속되었다.

눈길, 손길마다
마음 담는 연습

내 마음이 봄을 맞이하는 것과는 달리, 어머님은 본격적으로 겨울같이 시린 시간을 맞기 시작했다. 치매를 앓기엔 젊은 연세였기에 그 혈기 왕성함으로 인해서 병의 진행 속도가 빠른 편이었다. 어제는 따뜻하게 반겨주다가도 오늘은 싸늘한 눈빛과 말씨로 나를 거부하기도 하신다. 어머님의 시간이 빠르게 변하기 전에 내 마음이 먼저 제자리를 찾을 수 있었다는 게 그저 다행이었다.

어머님은 나를 기억하지 못하기 때문에 냉담하게 쳐다보실지라도 내가 어머님을 보는 눈빛은 내 의지대로 해야겠다고 마음먹게 되었다. 내 눈에 어머님을 어떻게 담는지 그 방식과 태도가 결정되면 결국 그 눈빛은 남편을 바라볼 때, 아이들을 바라볼 때도 똑같이 적용된다는 것을 알게 되었다. 누구에게만 특별히 잘 보이고, 누구는 하찮게 대하는 것은 불가능하다고 생각한다. 사람을 대하는 자세와 태도는 한번 결정되면 어느 자리에서나 똑같은 힘을 발휘한다.

그것이 나를 지키는 좋은 힘이 될지, 내 가치를 떨어뜨리는 행동이 될지를 결정하는 것은 나 자신이라는 것을 잊지 않으려고 노력했다. 결국 누구를 대하든 어떤 눈빛을 표하든 그것은 가장 마지막에는 거울을 통해서 나를 보는 눈빛이 될 것이고, 거울이 없어도 내가 나를 인식하는 기본값이 될 거라는 걸 알 수 있었다. 결국 내가 나를 보는 눈빛이 사랑스럽기를 바라기 위해서는, 내가 먼저 좋은 눈빛을 타인에게 보낼 수 있어야 했다.

어머님 모시는 것에 날을 세우고, 남편과 대립각을 이룰 때의 내 마음은 매일 괴로웠다. 도무지 내 마음을 이해해주는 사람은 아무도 없고 나를 힘들게 하는 사람만 가득하다는 불만이 꽉 찬 상태로 하루하루를 살았다. 그렇게 마음의 여유가 없으니, 내가 나를 보는 시선 또한 미움이 가득했다. 내가 하는 행동과 말, 뭐 하나 마음에 드는 것이 없고, 바르고 옳다는 확신이 없으니 불안하고 무서웠다. 그런 것은 다시 까칠한 언행으로 표출되었고, 점차 악순환이 반복되었다.

하지만 마음에 힘을 키우고, 차츰 거칠어지는 어머님의 언성에도 중심을 잡기 시작하자 어머님은 물론이고, 남편의 허물어지는 마음까지도 이해하고 감싸 안을 여력이 생겨났다.

그렇게 나와 남편은 둘 중 더 힘든 사람을 챙길 수도 있는 상태가 되어가기 시작했다. 그러니 점점 육아도, 어머님 부양도, 그 짐의 크기가 줄어들고, 우리는 둘 다 단단한 사람이 되어 갔다.

주말에는 아침에 도시락을 싸서 남편의 손에 들려 보냈다. 그러면 어머님과 남편은 같이 밥을 먹고 시간을 보냈다. 처음에는 어머님을 우리 집으로 모셔와서 아이들과 함께 온 식구가 같이 밥을 먹었는데, 행동이 느리고 대화가 어려운 할머니를 보고 아이들은 이 상황을 이해하지 못했다. 사람은 누구나 나이가 들면 몸이 아플 수 있고, 할머니는 지금 아파서 우리가 돌봐드려야 한다고 설명해줘도 소통이 되지 않는 할머니를 보는 아이들의 눈에는 물음표가 가득했다. 몇 번을 그렇게 해보고 나서, 주말에 남편은 어머님을, 나는 두 아이를 돌보는 것으로 각각 갈라져서 양쪽 집을 책임지며 보냈다.

어린 시절, 우리 집에서 함께 생활하시던 할아버지와 할머니의 모습이 떠오른다. 꼭 지금 우리 아이들 정도의 나이였던 내게도 병, 나이 듦, 부양, 효도 같은 것에 대한 개념이 없는 상태였다. 우리 부모님 또한 그런 것을 내게 말로 설명해주는 게 아마도 쉽지 않았을 것이다. 하지만 그 분위기는 충분히 느낄 수 있었다. 내 마음속에는 은연중에 아프다는 것, 나이 든다는 것, 그런 부모를 모신다는 것이 어떤 느낌인지 어렴풋한 상으로 그려지기 시작했다. 아버지, 어머니의 표정을 통해서 집안의 공기를 통해서, 어른들의 지나가는 혼잣말을 통해서 수집한 그 느낌으로 나만의 그림을 그렸다.

대체로 어둡고 탁했다. 친척들과 전화 통화가 끝나고 나면 유난히 어두워지는 부모님의 표정, 특히 엄마의 짓눌린 듯한 모습에 나까지 숨이 막힐 지경이었다. 차츰 어른들의 말귀를 알아들을 수 있게 되자, 집안의 모든 화살이 맏며느리인 엄마를 향해 있다는 것에 어린 마음에도 함께 분노를 느꼈던 순간이 있었다. 하지만 엄마를 위해서 내가 할 수 있는 것이 아무것도 없다는 것에서 더 큰 무력감을 느꼈다. 그것이 내가 가지고 있는 부모 부양과 효도에 대한 기본이 되어버렸다. 그러니 나도 같은 상황이 왔을 때 거부하고 회피하고자 하는 마음이 너무 컸던 셈이다.

반면 시아버님은 막내아들로, 한 번도 부모를 부양해본 적이 없었다. 어머님도 막내며느리로 사시며 시부모를 모셔본 적이 없었고, 남편 또한 친척들에게 늘 귀여움을 받으며 자란 막내 중의 막내였다. 그러니 그는 나를 이해하기 힘들어했다. 간단한 문제를 왜 자꾸 크게 생각하느냐는 것이 그의 답답한 심정이었다.

결국 나의 어린 시절이 만들어둔 허상에 사로잡혀서 밝고 경쾌하게 헤쳐나갈 수 있는 일을 무겁고 어둡게 만들어 버린 게 아닐까 하는 생각을 하기도 했다. 하지만 지금부터 나의 눈길과 손길에 어떤 마음을 담아서 사람을 대할지를 결정하는 것은 내 몫이라고 생각한다. 어머님을 보는 눈빛이 결국은 내가 나를 보는 눈빛이 될 거라는 것, 내가 도시락을 싸며 매만지던 손길이 곧 내가 나를 지키고 사랑하며 살아갈 손길이 될 거라는 걸 확실히 알게 되었다.

그리고 지금 내가 먹는 마음의 모양이 결국 우리 아이들이 자라면서 가지게 될 마음의 기본 틀이 될 거라는 걸 알게 되었다.

할머니가 앓고 계시는 '치매'라는 병을 아이들에게 자세히 설명하는 것은 어렵지만, 적어도 그 병을 대하고, 할머니를 대하는, 아빠와 엄마의 자세와 태도는 물려줄 수 있다.

그렇게 우리 부부는 자식 됨, 자신 됨, 부모 됨을 차례로 배우고 익히며 점차 가정이라는 울타리를 단단히 세워나가기 시작했다.

이름,
그 아름다움

두 아이를 돌볼 때도 자꾸 어린 시절의 내가 떠올랐는데, 어머님을 돌보면서도 자꾸 부모님 생각이 났다. 지금 내가 하는 모든 것을 기억하지 못하실 어머님을 보니, 우리 부모님 역시 내가 기억하지 못할 나의 유년 시절을 이렇게 사랑으로 돌봐주셨겠다는 걸 깨닫게 되었다. 엄마 뱃속에서부터 기억이 나기 시작하는 예닐곱 살까지 그 칠 년 정도의 시간은 내게 암흑과도 같이 기억나지 않는 시간이지만, 아마도 부모님에게는 가장 중요했을 시간이 아닐까 싶다.

나의 성격이 형성되는 데에 뿌리가 되었을 그 시간, 부모님은 내게 사랑과 정성을 쏟아서 키워주셨기에 나는 지금 이렇게 어엿한 어른으로 성장하게 되었을 것이다. 앞으로 내가 몇 년 더 어머님을 돌보게 될지는 모른다. 어머님은 이미 기억을 잃었고, 나는 기억을 잃은 어머님의 노년을 보살피는 중이다. 이 시간 역시 어머님 생이 다하는 그 날까지 어머님에게는 기억되지 않을 시간이다. 하지만 우리 부모님이 그랬듯 사랑을 쏟고 보살피는 사람의 기억에는 남을 것이기에 나는 이 시간이 결코 헛되지 않으리라고 믿는다.

현재로부터 과거를 살핀 것처럼, 다시 현재로부터 미래를 살필 수도 있다. 첫째의 출생과 함께 어머님의 치매가 발견되었고, 둘째의 출생과 함께 아버님이 세상을 떠나셨고, 그 후 어머님은 자식들의 돌봄을 받았다. 아이들은 어느덧 초등학교 1, 2학년이 되었고 그렇게 8년여의 세월이 우리 가족을 훑고 지나갔다. 우리 집 남매가 지금부터 쌓는 추억은 평생 기억으로 가지고 갈 테지만, 우리 아이들 역시 출생 후 지금까지 가지고 있었던 추억은 무의식의 테두리 정도에 남아 있을까 싶을 정도로 생각나는 것이 별로 없을 것이다. 그래도 나는 엄마가 줄 수 있는 모든 사랑을 주고 싶어서 참애를 쓰며 살아왔다.

그렇게 사랑은 서로 엇갈리게 주는 것인가 보다. 부모님은 나에게, 나는 어머님과 아이들에게, 함께 기억하지 못할 시간인데도 사랑을 쏟고 그저 한쪽뿐인 내 가슴에만 그 기억을 안고 살아간다. 그래도 그 사랑이 어디로 가는 것은 아니다. 누가 알아주는 것도 아니고, 어머님과 아이들에게 사랑을 보답하라고 강요할 수도 없는 그런 사랑이다. 그야말로 주기만 하는 사랑을 해본 것이다.

이렇게 사랑 뒤에 남는 것이 뭘까 생각해보았다. 다 주고 났더니 나는 속이 텅 빈 나무가 되는지, 멋진 나이테를 가진 고목이 되어가는지 아직은 잘 모르겠다. 그런데 이름이 남는다는 걸 발견했다.

어머님은 당신의 성함이 '정숙'이라는 것을 알고 계신다. 아들의 이름도 희미하고, 며느리의 이름은 오래전에 잃어버렸더라도, 자신의 성함 세 글자는 똑똑히 알고 계신다. 그렇게 자신의 이름을 마지막 순간까지 기억한다는 게 도대체 무슨 의미일까 궁금하다.

나도 우리 가정의 이야기를 글로 쓰겠다고 마음먹은 후에 잠시 이름을 가리고 책을 출간하면 어떨지 생각해보았다. 하지만 그것은 의미가 없다고 생각했다. 지금까지 내가 살아온 인생의 의미가 내 이름에 함축되어 있다는 것을 부정하고 싶지 않기 때문이다. 지금까지 살면서 이름 세 글자를 더럽히고 싶지 않았고, 이름을 걸고 하고 싶었던 많은 일이 있었다. 그만큼 이름은 나의 모든 것이었다.

어머님이 비록 기억을 잃고 일상생활이 불가능할지라도, 그 이름을 지켜주고 싶은 자식들은 변함없이 어머님을 지키고 돌본다. 그 이름을 아는 우리들의 마음에 서로의 관계가 담겨 있고, 관계에 맞는 역할을 요구받기도 한다. 어머님의 성함을 우리가 같이 공유하는 한, 우리는 같은 배를 탄 운명의 선원들이 된다. 그 이름과 내가 같이 만들어내는 역사를 가볍게 흘려보낼 수가 없다. 그렇게 한 사람의 기억 여부와는 상관없이 이름은 끝까지 제 기능을 한다.

어쩌면 앞으로의 내 인생에도 이름을 가리고 지워버리고 싶은 순간이 올지도 모른다. 만약 내 앞에 어떤 상황이 온다고 해도, 내가 저지른 행동은 되돌릴 수 없으니 가볍게 이름 하나만 지워버리면 그만이라고 여기고 싶지는 않다. 내 삶 전체가 담긴, 매해 새로 쌓아가는 경험만큼이나 점점 깊이를 더해 갈 내 이름을 잘 지키고, 어느 순간 기억이 다 하더라도, 내 이름을 같이 기억하는 사람들의 마음에 따뜻함을 줄 수 있는 사람으로 살고 싶다.

하나의 이름을 떠올렸을 때, 함께 들은 모든 사람이 고개를 절레절레 젓는 사람이 아니라, 같이 마음이 따뜻해지고 미소 지어지는 그런 사람이 되고 싶다. 평판이나 인지도 같은 낮은 차원의 문제가 아니다. 인간이라면 갖추어야 할 반듯하고 소박한 정을 갖추고, 자연스럽게 마음을 나누며 살아가는 깊은 차원의 사람이 되고 싶다.

어머님이 기억의 마지막에 내게 보여주신 모습은 그랬다. 지금처럼 허공을 바라보는 눈동자가 되기 전, 나를 안아주고 따뜻하게 맞아주시던 그 촉감을 느끼게 해주었기에 나도 지금 어머님을 안아드릴 수 있는 것이다. 어머님을 돌보다 보면, 앞으로 더욱더 자기 이름의 가치, 자기 행동의 아름다움을 스스로 만들며 살아가고 싶어진다. 그렇게 이름이라는 것은 당사자에게도, 주변 사람에게도 중요한 사랑의 징표가 된다.

엄마 품처럼 포근한 곳이 어디 있을까

어머님이 화장실 볼일을 보신다기에 문을 꼭 닫아서 프라이버시를 지켜드려야 할지, 조금 틈을 남겨두고 열린 상태에서 내가 안에서 일어나는 일을 좀 도와드려야 할지 고민하다가 5cm 정도 열어두는 쪽을 택했다.

어머님이 한 단계씩 잘 준비해서 변기에 앉는지 문틈으로 지켜보다가 갑자기 받침대를 내리지 않고 그냥 차가운 도기 부분에 그대로 앉는 모습을 발견하고 마음이 안 좋았다.

주가보호센터에서도 아직은 어머님 혼자 볼일을 볼 수 있기 때문에 적극적으로 도와야겠다는 생각을 못 했는데, 내가 처음으로 목격한 어머님의 배변 관련 도움이 필요한 장면이었다.

우리 집 아이들 두세 살 무렵 배변 훈련할 때가 떠올랐다. 하루 걸러 이불을 빨아야 했고, 팬티도 바지도 수없이 손빨래했었다. 다시 어린아이로 돌아간 어머님은 점점 도움이 필요한 단계로 진입하고 있었다.

어머님은 어린 시절에 엄마의 사랑을 못 받고 자랐다고 한다. 부모님 모두 일찍 돌아가셔서 친할머니의 보살핌을 받았다. 평생 엄마 품에서 어리광 한번 제대로 못 부렸던 셈이다. 세상에 엄마 품처럼 따뜻한 곳이 어디 있다고.

어머님을 모시자고 결심하면서 우리 부부의 셋째 아이로 여기며 품기로 마음먹었었다.

그렇게 어머님은 서너 살 무렵 기억도 나지 않을 때 잠깐 안겨본 엄마의 품을 애타게 그리워하며 사셨을 텐데, 지금 역시 '며느리 엄마'의 돌봄을 받으면서도 이 순간을 기억하지 못하며 끝내 엄마의 품을 제대로 누리지 못할 것이다.

나는 생색나는 일을 좋아했던 사람이다. 생색나지 않을 것 같은 일 주변엔 가지도 않았고, 희생과 헌신 같은 것과도 거리가 멀었다.

그런 내가 생색이 나지 않는 일, 기억이 지워져 가는 어머님을 돌보는 일을 하고 있다.

그 과정에서 끊임없이 나를 비워낸다. 하나라도 더 주워 담으려고 애쓰던 삶을 굳이 그렇게 무리하지 않아도 된다는 쪽으로 바꿔가고 있다.

매일 기억을 잃어가는 어머님을 보며, 더 빠른 속도로 살아가며 빽빽한 성과를 만들어가던 내가 겹쳐 보였다.

그 둘은 매우 다른 듯하지만 어쩌면 같은지도 모른다. 어머님은 시간의 흐름이 자신의 기억을 실어 가 버린다는 것을 모르고, 나는 세월의 지나감이 현재의 소중함을 실어 가 버린다는 것을 모르며 사는 게 아닐까?

어머님 집에서 우리 집으로 돌아오는 밤길엔 중간에 성당이 있다. 도저히 막막한 마음이 정리되지 않는 날에는 성모 마리아상 앞에서 잠시 앉아 마음을 풀어놓고 온다.

바람이 차갑게 불지만, 눈에선 뜨거운 눈물이 흘러내린다. 가족의 아픔을, 기억을 잃어감을 받아들인다는 것은 자꾸만 나를 어른으로 만든다. 그 무게가 유난히 무거운 날이 있다.

요양원에 입소하던 날

마음이 착잡하던 몇 년 전이 떠오른다. 아무리 집을 따로 얻어서 산다고 해도, 도저히 두 집 살림을 살뜰히 챙길 자신이 없어서 남편에게 부산에서 올라오시면 바로 요양원에 어머님을 모시면 어떨까 이야기를 꺼냈다가 난리가 난 적이 있다. 그에게도 자식으로서 마지막 순간까지 어머님을 보살펴드리고 싶은 마음이 있는데 내가 그 기회마저 없애버리려고 하니 섭섭하고 화가 났을 것이다.

내 입장도 만만하지는 않았다. 매일 아침 출근길에는 인간극장 한 편씩을 완성하는 느낌으로 전쟁을 치르고 있었다. 시간에 맞춰 아이들을 등원시키고, 사무실에 도착하면 이미 녹초가 된 몸으로 업무를 시작해야 했다. 다시 업무가 끝나면 두 번째 하루가 시작되었다. 두 아이를 데리고 집으로 와서 먹이고, 씻기고, 재우고 나면 눈물이 핑 돌았다. 잠시만 한눈을 팔아도 집은 난장판이 되기 일쑤였고, 마음은 수시로 전쟁터가 되어 갔다. 거기에다가 어머님까지 모시려니 엄두가 안 났다.

'요양원'이라는 단어가 내 입에서 나오자 펄쩍 뛰던 남편은 어머님을 모시던 시간 동안 최선을 다했다. 그가 그렇게 책임감 있는 남자인지 몰랐는데, 어머님을 돌보는 그의 손길을 보니 내가 참 부족했구나 싶은 부끄러운 순간이 많았다. 나는 애 둘 키우는 데에나 혼자 주 양육자로 너무 힘들게 산다는 외로움과 불만이 꽉 차 있었던 것 같다. 그런데 어머님을 돌보는 동안에는 그가 어머님의 주 양육자 역할을 해내었다. 그가 달리 보였다. 내가 집에서 두 아이를 목욕시키는 동안, 그는 혼자서 어머님을 씻겨드리기도 했다. 그렇게 우리 부부는 우리 손으로 하나씩 상황을 좋은 방향으로 만들어갔다.

시간이 흘러 어머님이 점점 특별한 돌봄이 필요한 상태가 되자, 그가 먼저 어머님을 요양원으로 모시자고 이야기했다. 옆에서 지켜본 그의 모습은 많이 지쳐있었고, 어머님 역시 가정에서 돌볼 수 있는 마지노선에 와 있는 모습이었다.

정작 어머님을 요양원으로 바로 모시지 않고 우리가 가정 돌봄을 했던 것에는 자식으로서 우리 손으로 해볼 수 있는 데까지 최선을 다해보겠다는 의지도 들어있었지만, 주변 친척들의 관심과 참견 또한 무시할 수는 없었다. 치매에 무엇이 좋다고 추천하는 사람은 많았지만, 정작 실질적인 도움이 되는 경우는 없었다. 그냥 우리가 하는 일을 지지해주면 좋았을 텐데 자꾸 전화해서 상황만 캐묻는 경우엔 결국 통화 후 기운만 빠졌다. 대부분 남편이 그런 전화를 받았고, 그의 속상한 얼굴을 보는 것은 나였다.

신중히 고른 요양원에 어머님을 모시고 갔던 날, 그는 요양원 직원과 이야기를 나눴고 내가 어머님을 부축해서 한 발씩 문 가까이 걸어갔다. 지난 몇 년이 스쳐 지나갈 듯 그 한 걸음 한 발짝에 무거움이 뚝뚝 떨어졌다. 어머님은 지금 당신이 어디로 들어가고 있는지 전혀 모르고 있었다. 나는 앞으로 건강하게 잘 지내시라는 말밖에 다른 이야기는 못 드렸다. 이곳은 그동안 다니던 주간보호센터보다 커다란 집이고, 이제부터는 여기에서 생활하게 될 거라고만 설명해드렸다. 그래도 그 새로운 집이 낯설지 않기를 바라는 마음으로 한동안 같은 이야기를 반복했다.

유리문 안으로 들어가신 어머님을 향해 아이들과 같이 손을 흔든다. 어머님과 함께했던 지난 시간이 어머님의 걸음과 함께 사라지는 기분이다. 우리 부부는 서로를 쓰다듬었다. 저 문으로 언젠가는 우리 둘 중 한 명도 먼저 들어가게 될 것이다. 그게 누가 되었든 그전까지는 더욱 서로 사랑하면서 살아야겠다는 생각이

들었다.

　어머님은 그렇게 홀연히 요양원 건물 안으로 들어가셨고, 한동안 나와 남편은 어머님을 돌보던 시간만큼이 갑자기 생겨나서, 매일 밤 텅 빈 느낌을 받아야 했다. 이 시간쯤이면 어머님 곁에 가 있을 시간인데 하면서 갑자기 많이 생겨버린 시간이 낯설었다. 하지만 그 느낌도 이내 일상의 파도에 묻히고 말았다.

주인잃은 집

어머님이 안 계시는 집안의 살림살이를 정리하는 것은 나와 남편의 몫이었다. 부산에서부터 올라온 장롱, 거실장, 티브이, 세탁기와 냉장고 등 큰 짐부터 작은 짐까지 모두가 새로운 주인을 기다리거나 잘 분리해서 버려달라는 눈빛으로 나를 쳐다보고 있었다. 차근히 새로운 주인을 찾아줄 요량으로 하나씩 살펴보고 싶지만, 큰아이의 방학에 작은아이의 유치원 휴원 기간이라 마음의 여유가 없다. 남편이 재활용센터 몇 군데에 알아보더니 모든 짐을 한 번에 처리하는 곳이 있어서 약속해두었단다. 평일 낮에 처리하기로 했으니 내가 어머님 집을 지켜야 했다.

아이 둘에게 식탁 위에 간식을 챙겨두었다고 말한 후 돌아오는 시간을 잘 일러두고, 부리나케 어머님 집으로 향한다. 짐을 옮기는 위험한 작업이 이루어지기 때문에 아이들을 데리고 갈 수는 없다.

이런 날엔 회사에 있는 남편이 유난히 생각난다.

재활용센터 직원 둘이 왔다. 수거할 수 있는 물건과 폐기할 물건을 바로 분리한다. 그중에서도 장롱은 특히 쓸모가 없다고 폐기 대상이라고 한다. 그건 구입한 지 3년도 되지 않은 거의 새 물건이라고 이야기해도 소용이 없다. 그 장롱엔 역사가 있었다. 그래서 그렇게 금방 낡았나 보다.

어머님의 치매 초기 시절, 아버님이 함께 계실 때 아버님 혼자서 어머님을 돌보고 있었다. 두 분은 시골에 집을 짓고 살 거라는 희망을 품고는 땅을 알아보고, 설계도를 검토해서, 완성된 집에 입주했었다. 그러고 얼마 지나지 않아 아버님이 교통사고로 안타깝게 세상을 떠나셨고 어머님은 그 후 자식들의 돌봄을 받게 되었다.

그러면서 어머님의 고향인 부산에 혼자 살 수 있는 거처를 마련했었고, 치매 증상이 점점 심해지면서 우리 동네로 이사 오게 되었다. 그렇게 3년도 채 되지 않은 사이에 그 모든 일을 겪으며, 장롱은 장거리 이사로 온몸이 찌그러지고 고장이 나는 것으로 현실을 감내하고 있었다.

편안하게 한 집에 살았더라면 말끔했을 장롱이 사용한 연수에 비해 유난히 낡았다고 하는 직원의 말에, 눈에 보이는 장롱뿐만 아니라 우리 식구를 휘감고 간 지난 시간으로 인해 마음속에도 전부 긁힌 자국이 가득하고 찌그러진 부분이 있는 게 아닐까 싶었다.

에어컨은 부분 고장이 났기 때문에 제값을 받기 어렵겠다는 이야기, 폐기하는 물건을 아파트 쓰레기 수거장까지 옮기는 데에도 비용이 든다는 이야기 등을 하면서 이 모든 것이 얼마의 금액으로 정리된다는 게 참 간편하면서도 매정하다는 생각이 들었다. 물건에도 끝이 있고, 사람에게도 끝이 있는 건가 하는 생각이 내내 들었다.

직원들이 분주하게 트럭으로, 혹은 수거장으로 짐을 옮기는 사이 나는 냉장고에서 쏟아져 나온 각종 음식을 처리해야 했다. 한여름이기 때문에 잠시 베란다에 둘 수도 없다. 더구나 아이들은 엄마를 목이 빠지게 기다리고 있다. 그렇게 싱크대 가득 빈틈없이 자리를 차지하고 있는 것은 대부분 소스류이거나 먹다 남은 음식들이었다. 심지어 어머님의 요양원 생활이 평안하길 기원하며 함께 나누어 먹은 케이크 조각도 한 구석에서 나왔다.

처음 부산에서 온 어머님의 짐 중에서 가장 정리하기 힘들었던 건 오래된 각종 과일청이었다. 웬만한 어린아이 덩치만 한 유리단지에 든 묵은 과일청은 먹을 수도, 어디에다가 쉽게 버릴 수도 없는 모양새를 하고 있었다. 그것에 비하면 이번엔 퍽 귀여운 잼과 각종 소스가 대부분이었다. 숟가락으로 속을 긁어서 버리기를 몇 번 했다. 그렇게 물건을 새로 사는 것은 깔끔하고 편리하고 재미있지만, 물건을 정리할 때는 힘들고 곤란하고 불편하고 괴로운 감정도 같이 든다는 것을 다시금 느꼈다.

모든 것에는 끝이 있다. 인기도, 명예도, 건강도, 미모도, 재력도, 목숨도.

기한이 있기 때문에 더 달려들어서 움켜쥐고 싶은 것인지, 달려들어서 움켜쥐기 때문에 없던 유효기한도 생기는 것인지 모르겠다.

어머님께서 생활할 집을 꾸미기 시작할 때와 이제 모든 짐을 정리하고 물건들과도 이별할 때, 시작과 끝에서 나를 가장 곤란하게 한 것은 단연 음식물 쓰레기들이었다. 그것은 제때 치워야 하고 처리 과정도 번거롭고 냄새도 괴롭기 때문이다.

곰팡이가 피었더라면 차라리 진작 버렸을 텐데 소금이나 설탕에 절인 장, 청, 조림, 김치류가 나를 특히 힘들게 만들었다. 음식의 수명을 연장하는 마법을 가진 소금이나 설탕이지만 아무리 그래도 무한정으로 섭취 기한을 늘려주진 않는다.

우리 인생에도 가끔 관계를 이어 가는 데에 양념 역할을 하거나, 자연스럽게 들고나는 관계를 오래 붙잡아 둘 수 있게 유지하는 수단들이 있다. 이를테면 돈이나 명예를 주어서 그 사람을 붙잡아 둘 구실을 만든다거나, 갑자기 운이 따라서 본성과는 조금 다른 것에도 좀 더 이어갈 계기가 되는 경우도 있다.

하지만 진짜 제대로 된 삶이나, 제대로 된 관계라면 곪을 때 잘 곪고, 염증이 나야 할 곳은 밖으로 잘 표출이 되어 보다 제대로 된 관심을 갖게 하는 것이 바람직한 게 아닐까 싶어진다. 가끔은 우리 인생에도 일부러 설탕이나 소금을 들이부어서 어색한 삶을 제대로 바라보지 않고 어떻게든 덮고, 현 상태를 유지해보려고 바둥거리는 때가 있는 게 아닐까?

일이 잘될 때가 있으면 잘 안 될 때가 있고, 잠시 숨을 죽이고 내실을 다지는 시기가 있는가 하면 눈부시게 도약하는 시기가 예고 없이 찾아오기도 한다. 결국 아무리 설탕이나 소금에 절인 음식이라도 먹을 수 있는 데에도 한계가 있고 결국 냉장고 정리를 할 때 마지막까지 버티고 버티다가 쏟아져 나와서 결국 모두 폐기 처분되는 게 현실이다.

그것처럼 삶에서 가능하면 나중에 들여다보고 싶고 자세히 알고 싶지 않은, 덮어놓은 부분들도 언젠간 우리 인생의 온도가 우리 마음대로 안 되는 환경이 오거나, 나를 보호하던 막이 갑자기 사라지는 순간에 갑자기 쏟아져 나오는 문제가 될 수도 있는 게 아닌가 싶다.

어머님의 물건들이 말끔히 정리되고 나면 그 집과도 이별해야 할 것이고, 나와 남편의 마음은 이전보단 가벼워질 것이다. 대신 아이 둘을 잘 돌보고, 우리 집과 10여분 거리에 있는 요양원에도 주말에 잘 찾아뵙는 것이 우리가 할 앞으로의 일이다. 그렇게 짐 정리와 함께 말끔한 마음으로 어머님의 요양원 생활 적응을 기원해 본다.

요양원에 면회 가던 날

　새로운 환경에서 어머님의 생활은 쉽지 않았다. 우리가 집에서 돌보며 어려움을 느끼던, 밤 시간에 배회하는 것이나 자신을 돌보려고 다가오는 사람을 잘 알아보지 못하고 심하게 경계하는 모습이 계속되었다. 밥을 먹지 않겠다고 고집을 부리거나, 씻지 않겠다고 요양사들의 혼을 빼놓는 일이 이어졌다.

　보호자인 우리에게 모든 것을 이야기하진 않지만, 우리가 면회 갔을 때 아들 내외가 와 있으니 아래층으로 가자고 해도 고집을 부리고 내려가지 않겠다고 버티는 바람에 화상통화로 남편의 얼굴과 목소리를 확인시켜야 했다. 전화기 너머로 요양사들에게 소리를 지르고 있는 모습을 보자 마음이 무겁고 아팠다. 함께 내려온 직원들의 얼굴이 어두웠다. 우리 마음도 같이 어두워진다. 준비해 온 간식을 주섬주섬 챙겨드려도 마음이 편안하지 않다.

대면 면회가 가능한 날에는 안락한 면회실에서 어머님 손을 잡고 이야기를 나눌 수 있었다. 그때는 다행히 나와 남편을 알아보고, 웃으면서 대화를 나눴다. 아이들이 준비한 편지도 전달해드리면 어머님은 편지를 더듬더듬 읽으며 좋아하셨다. 이럴 때면 우리 마음에도 잠시 빛이 들어왔다.

하지만 대부분은 유리 벽을 사이에 두고 비대면 면회를 해야 했다. 건물의 현관에 마련된 한쪽 공간이라서 너무나 추웠다. 그나마 다행인 것은 어머님은 건물 안에 계셨기에 따뜻했다는 것이다. 어머님과 대화를 나누는 것이 점점 힘들어졌다. 묻고 답하는 보통의 대화가 이어지지 못했다. 준비해 간 가족사진을 내밀어도 아들 말고 다른 식구는 전혀 알아보지 못했다. 남편 옆에 앉은 나를 보는 눈빛이 매섭다. 그렇게 때때로 잊혀지는 사람이 된다는 것은 매번 쉽지 않다. 그래도 어머님께 새해 인사를 드린다.

식사 잘하시냐, 밤에 잘 주무시냐, 아픈 곳은 없냐고 물으면 아무 생각 없이 짧게 대답하신다. 나머지는 요양사와 자세히 대화를 나눈다. 요양원에서 제일 젊은 연세인 어머님, 그렇기에 다른 어르신들에 비해 제일 기운이 세다고 한다. 그에 반해 치매 증상은 날이 갈수록 심해지고 있어서, 모든 면에서 협조가 잘 안 되는 듯 보였다. 곤란해하면서 말을 이어가는 요양사의 얼굴을 보니 마음이 타들어 간다.

어머님은 개인 공간에 가만히 있는 것이 아니라, 다른 어르신들의 공간에 가서 불편을 끼치는 경우가 점점 많아지고 있다고 한다. 아이가 어린이집에서 친구들과 사이좋게 생활하는지 늘 예의주시했던 것처럼, 어머님의 건강은 물론이고 교우관계에도 관심이 쏠린다. 하지만 관심만 쏟을 뿐, 마음대로 되지 않는 부분이라 안타까움이 앞선다.

그렇게 면회를 마치고 돌아오는 길이면 나와 남편은 아무런 말도 나누지 못한다.

어머님의 얼굴은 이전의 온화하고 따스하던 빛을 잃고, 남을 믿지 못하고 모든 것에 대해 불안해하는 얼굴로 바뀌어 있었다. 마스크를 씌우는 요양사의 손길에도 온몸이 굳어져서, 왜 자신의 물건을 함부로 만지냐고 불편해하는 기색이 역력했다. 나 역시 어머님을 돌보며 안경을 벗겨드리려고 손을 뻗으면 탐탁지 않아 하시던 기억이 떠오른다. 그렇게 치매로 인해 기억이 사라진다는 것은, 환자 주위 사람들의 마음이 아파지기 시작한다는 것과 같다.

남편은 말없이 운전해서 두 아이가 기다리고 있는 집으로 향한다. 조수석에 앉은 내 눈에선 눈물이 흐른다. 어머님을 처음 만나고 채 10년이 지나지 않은 시간 동안 우리에겐 너무 많은 변화가 있었다. 앞으로 내게 허락된 건강한 시간을 생각해보지 않을 수 없다.

새해에 마흔이 되는 내 나이, 어머님이 아무도 모르게 치매를 앓기 시작하던 시기가 예순. 어쩌면 내게도 건강이 유효한 기간이 채 20년밖에 남지 않은 게 아닐까 하는 불안감이 엄습한다. 아직도 하고 싶은 것이 많은데, 아직 시작도 못 해본 재미있는 일들을 하나씩 하면서 살기에도 부족한 인생이라는 것을 가슴 깊이 느껴본다.

그래서 이제 더는 행복을 뒤로 미루지 않기로 마음을 다잡아본다. 제일 행복한 때가 언제냐고 물으면 과거의 어느 때를 말할 것이 아니라, 오늘 지금 이 순간이어야 된다는 것을 알게 되었다. 매일 매일 기억이 사라져가는 어머님을 보면서 느낀 점은, 매일매일 행복해야 한다는 사실이다. 굵직하게 크게 한번 기분 좋은 날이 있다고 해도 그날 하루의 기억이 사라져버린다면 내 인생에는 좋았던 날이 한 번도 없는 것이 되어버린다. 그러니 매일 편안하고, 매일 행복하며, 내가 만들 수 있는 작은 행복을 뒤로 미룬 채 미래를 담보로 현재를 희생하며 살지 않아야겠다고 생각했다.

또 하나 느낀 것은, 평소에 정을 나누고 사랑을 표현하며 살아야겠다는 것이다. 지금 내가 어머님을 보살펴드릴 마음을 낼 수 있었던 것은, 과거에 어머님이 아파지기 전 처음 만난 나를 포근히 안

아주신 따뜻한 경험을 했기 때문이다. 그때의 기억이 있기에, 나 역시 어머님에게 받았던 환대와 사랑을 되돌려드리고 싶은 마음이 생긴다.

인간은 누구나 나약해지는 순간이 오고, 일이 생각처럼 되지 않는 때가 온다. 모든 사람에게 공평하게 그런 힘든 순간이 찾아온다. 그때 기꺼이 내가 가진 시간과 마음을 나눌 수 있으려면, 평소에 좋은 마음을 많이 나누고 살아야겠다는 것을 느끼게 되었다. 사랑을 받아본 사람이 줄 수도 있고, 도움을 주는 손길을 내밀어본 사람이 막상 도움이 필요할 때 청할 수도 있다고 생각한다.

그렇게 가족 안에서 아픔을 만들며 살아가던 우리 집안의 울타리 안에는 점점 서로를 위하고, 진심으로 걱정하며 다독이는 방법을 익혀서 서로에게 손길을 내미는 경우가 늘어나기 시작했다. 또한 현실적으로 간병 가족을 지원하는 정보를 얻게 되자, 외롭게 싸우던 대상인 '간병'이 더 이상 무섭고 두렵지 않게 되었다.

어르신을 가정에서 돌볼 것인지, 요양원으로 바로 모셔야 할지 고민이 많으시죠? 우리 가족도 아는 것이 없으니 서로 의견을 맞춰가다가 애꿎게 서로의 마음에 상처만 내고 대화를 마무리했던 시절이 있었습니다. 지금 이 문제를 고민하고 계신다면, 아래의 세 가지 기준을 참고삼아, 간병하는 가족의 마음이 편안한, 현명한 판단을 하시길 바랍니다.

1. 간병 가족의 여건

제일 중요한 것은 어르신을 주로 모시게 될 주 간병인의 현재 상황과 여건을 살피는 일입니다. 삶에 여유분을 두고 살아가는 사람이 있을까요? 모두가 최선을 다해서 자기 삶을 꾸려나가고 있겠지요? 그런데 가족 중 누가 가장 여유로워 보인다고 도리를 강요하거나, 짐을 억지로 지게 해서는 안 된다고 생각합니다. 주로 간병하게 될 가족 구성원의 의견에 귀 기울여보는 건 어떨까요?

2. 어르신의 건강 상태

주간보호센터의 도움을 빌리거나, 가정방문 요양보호사의 도움을 빌린다고 하더라도 분명히 가족의 손길로 직접 돌봐야 하는 시간의 공백이 꽤 많습니다. 그때 전문적인 케어가 아니라 가족이 돌봐도 충분한 정도의 건강을 유지하고 있는지 어르신의 상태를 살피는 것이 중요합니다. '자식으로서 무조건 집에서 모시려고 한다'라는 의지만으로는 해결되지 않는 부분이 있더라고요. 치매의 경우 망상과 배회가 심해지자 위험한 순간이 다가와서, 더는 가정 돌봄이 어렵겠다고 판단했습니다.

3. 부양에 필요한 경제력

어르신의 건강 상태를 면밀하게 살펴보고 국민건강보험공단에서 등급을 판정합니다. 그에 따라 주간보호센터, 요양원 시설에 입소했을 때 지원되는 금액이 달라집니다. 간병은 마음과 의지로만 되는 것이 아니고, 평생 경제적인 지출이 수반되는 현실적인 부분이더라고요. 효도에도 돈이 필요하다는 것을 알게 되었습니다. 지원금을 비교해보고 긴 기간 간병을 이어가야 할 수도 있다는 가정하에 경제력이 허락하는 범위 안에서 결정을 내리면 좋겠습니다.

가정에서 돌보면서 헌신적으로 어머니를 모시는 남편의 새로운 모습을 발견할 수 있었어요. 그의 모습을 보며, 저도 뾰족하던 마음을 점점 뭉툭한 마음으로 바꿔먹을 수 있었습니다. 단순 비교를 하기는 어렵지만, 어르신을 가정에서 모시면서 세상 어디에서도 배우기 힘들었을 사랑과 양보, 이해라는 가치를 배웠어요. 이런 가치들이 돈으로는 환산하기 어렵겠지만, 자라나는 우리 아이들의 마음에도 작은 씨앗이 되어 자리 잡았을 거라고 믿으며 두 가지 모두를 경험해본 후 느낀 저만의 기준을 마무리합니다.

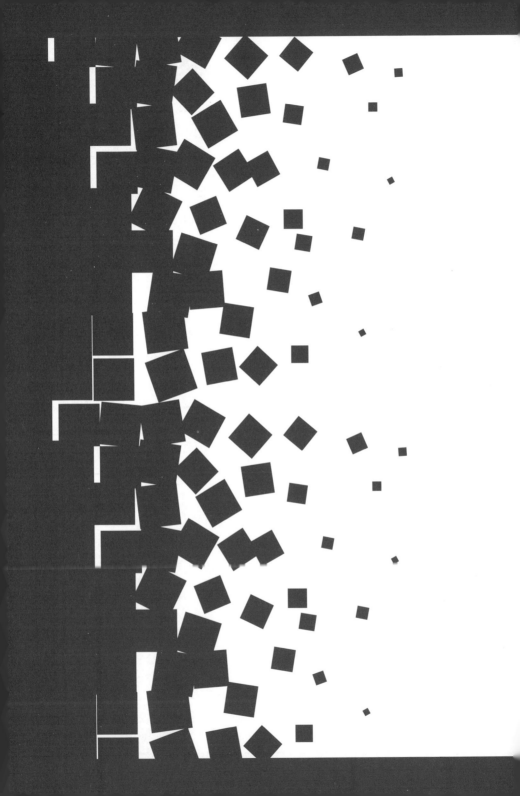

4장

누구나 함께 대비하는 시간

Time for everyone to prepare together

Time for everyone to prepare toget her

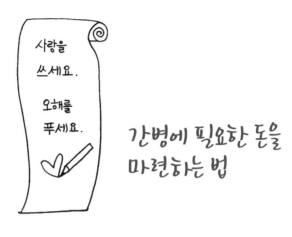

사랑을 쓰세요.

오해를 푸세요.

간병에 필요한 돈을 마련하는 법

살면서 돈이 아무것도 아닌 것 같지만, 어떨 땐 돈이 전부인 것 같은 순간을 맞닥뜨리는 때가 있다. 간병하면서 필요한 돈을 마련하는 일이 그랬다. 미리 가족 중에 누가 병을 얻을 것을 늘 대비하고 준비하는 사람은 없을 것이다. 물론 미리 보험에 가입한 것이 일종의 준비법이겠지만, 병을 치료하는 데 필요한 돈은 물론이고, 그 외에도 돈은 있으면 있을수록 든든하고 좋은 것이라는 것을 알게 되었다.

처음 아버님이 돌아가신 후, 어머님 혼자서 생계를 유지하며 살아가려면 연금만으로는 생활이 어렵겠다 싶었다. 그래서 형님에게 매달 얼마씩을 생활비로 드리면 어떨까 했더니 대화가 생각한 것처럼 흘러가지 않았다. 각각 가정마다 생각하는 경제 관념이 서로 다르다 보니 같은 금액이라도 그것을 매달 평생 내야 하는 것에 대해서 거부감 같은 것이 생길 수도 있다는 걸 몰랐었다. 그래서 형제니까 의무적으로 얼마씩을 모아야겠다는 생각을 버리게 되었다.

그 이후에 유족 연금과 아버님의 보험금, 그동안 살던 집을 처분하고 나자 어머님 명의의 재산이 남게 되었다. 그리고 매달 필요한 주간보호센터와 요양원에 내야 하는 비용들을 감안하더라도 어머님 재산이 그대로 유지된다는 것을 알게 되었다. 그래서 이 돈은 어머님의 마지막 순간까지 그대로 보관하는 것으로 암묵적인 합의를 하게 되었다. 물론 이것은 나와 남편의 생각이다. 아픈 부모님을 돌볼 때 형제가 많아도 막상 책임지고 끝까지 관리할 자리를 지키는 것은 한 사람이 도맡아야 한다는 것도 알게 되었다.

나와 남편 둘 다 가계부를 쓰거나, 꼼꼼히 금액을 정리해보는 사람들이 아니라 큰 덩어리로만 돈을 인식하고 관리하고 있다. 그러다 보니 어머님의 살림을 유지하기 위해서 들어가는 관리비, 생활비가 어머님 통장에서 때에 맞춰 빠져나가게 하는 것도 잘 챙기지 못할 때가 많다. 그러니 우리 생활비에서 뚝 떼어내어 사용하기도 하고, 대용량으로 구매해서 두 집이 나눠서 쓰는 경우가 많다. 그렇게 두 집의 경계가 흐려지고 셈도 같이 흐려지는 것이다. 이런 것에 큰 스트레스를 받지 않고 살아가고 있고, 남편도 나도 돈을 잃는 것보다는 사람의 마음이 다치지 않는 것이 먼저라는 생각으로 이 시간을 보내고 있다.

이렇게 어머님 간병에 들어가는 치매 약값, 주간보호센터 이용요금, 요양보호사 비용뿐만 아니라, 어머님에게 필요한 생활비 등을 부담하는 것에 대해서 영수증을 모아놓거나, 가위로 자른 듯 우리 집 생활비와 구분해본 적이 없다. 어쩌면 간병을 주로 하지 않는 다른 형제들은 돈을 움켜쥐고 있는 간병의 주체에 대해서 의심하거나, 비용을 공개하라며 꼼꼼한 계산을 요구할 수도 있다. 하지만 막상 해보니 물건 하나 구입하면서 두 집 살림을 각각 계산할 정신도 없고, 다른 형제에게 보이기 위해서 영수증을 모아놓을 재간도 없다.

이런 속사정을 모르니, 간병을 하지 않고 관심만 갖고 있는 형제에게는 이런 작은 일에서 얼마나 간병인의 마음이 힘들어지는지 알 길이 없다. 형님도 처음에는 우리에게 이런 요구를 한 적이 있다. 어머님에게 들어가는 모든 비용에 대해서 영수증을 보고 싶다고 하거나, 좀 자세히 내역을 알고 싶다고 한 적이 있다. 그땐 나도 화가 나고 속이 답답했다. 매일 아슬아슬하게 간병과 육아에, 내 살림을 유지하느라 애를 쓰고 있는데 평소에도 하지 않던 가계부 쓰기를 시작해야 하는 느낌이라 막막하고 억울한 마음도 들었다.

하루는 형님이 어머님을 직접 모셔야겠다면서 찾아온 적이 있다. 어머님 옆에 앉아서 언제 이렇게 쇠약해지셨냐면서 같이 눈물 짓고, 이불에선 냄새가 난다면서 세탁기를 돌리고, 맛있는 음식을 해서 같이 먹기도 했다. 그렇게 하룻밤을 지내고 가더니, 가는 길에 지하철을 잘못 탄 것은 물론이고 너무 힘들더라면서 동서가 수고가 많다고 얘기하는 거였다. 그리곤 다시 오지 않았다.

모두 다르다. 간병하면서 가족끼리 흠을 찾고 트집을 잡자면 끝이 없다. 대신 내가 할 수 있는 부분을 기쁜 마음으로 하고, 어느 날 하루 가지고 있는 모든 능력을 사용하겠다는 자세가 아니라, 오늘부터 앞으로 쭉 같은 호흡으로 포기하지 않고 가겠다는 마음이 더 중요하다.

처음엔 왜 우리가 모셔야 하나, 왜 대출은 내 이름으로 받아야 하나, 왜 우리 집 생활비로 많은 것을 할애해야 하나 등에 골몰하면서 안 그래도 없는 에너지를 더 빠르게 소진시키곤 했다. 하지만 세월을 되돌아보니 그런 고민의 끝에 나오는 결과물은 그다지 이로운 것이 없었다. 대신 내 몫을 먼저 나누어주고, 내 마음을 먼저 살피고 넓혀서 기꺼이 한편을 내어주었을 때가 지나고 보면 훨씬 마음도 부르고, 다 같이 웃고 있는 모습일 때가 많았다.

오히려 어머님의 건강에 집중하고, 간병의 주체인 나와 남편의 마음이 상처 입지 않도록 살뜰히 살피며 살다 보니 생각지도 않게 어머님의 요양 등급에도 새로운 결정이 나서 경제적으로도 보탬이 되는 경우가 생겼다. 그렇게 의외의 것으로부터 돈은 오기도 하고,

골몰하지 않아도 될 것을 골몰하면서 적은 돈을 지키려다가 큰 화를 불러오기도 한다는 것을 간병하는 과정에서 알게 되었다.

돈을 좋은 마음으로 쓰고, 돈은 고맙고 우리 가족을 지켜주는 존재라는 것을 잊지 않으면서도, 돈보다 우선하는 것이 사람의 존엄함과 곁에 있는 가족들의 평온함이라는 것을 늘 기억하면서 살아가려고 한다.

좋은 요양보호사는 어떤 분일까?

어머님이 부산에 계실 때는 치매의 초기 단계였기에 혼자서 생활하는 것이 가능한 날이 많았다. 그러다 점점 도움이 필요하다 싶어지는 작은 사건부터 생기기 시작했다. 그 시점에 처음으로 가정방문 요양보호사를 맞이하게 되었다.

보험공단 직원이 나와서 어머님의 현재 건강 정도를 확인하고 요양 등급을 받았다. 그 등급에 따라서 가정방문 요양제도를 몇 시간 이용할 수 있는지 결정이 났다. 하루에 몇 시간 전문적으로 돌봄을 하는 사람의 도움을 받는다는 것은 타지에서 노심초사하던 자식들의 마음에 큰 힘이 되었다. 다행히 처음 온 보호사는 우리의 마음이 얼마나 불안할지도 잘 알고, 어머님 역시 이 모든 상황이 얼마나 당황스러울지를 잘 헤아려주는 분이었다.

가정의 구성원 중 한 명에게 병이 찾아오면 그 병을 치료하는 데에 드는 에너지만큼이나 많이 소모되는 것이 간병하는 가족들 간에 겪게 될 마음의 혼란이다. 하지만 병원이나 국가의 제도는 모두 병을 치료하는 것에 맞추어져 있고, 가족들의 마음은 스스로 다독이는 수밖에는 방법이 없다. 언론에서 간병 가족이 환자와 함께 스스로 목숨을 끊는 안타까운 경우를 보면 그의 마음이 얼마나 괴로웠을지 생각하다가 힘이 탁 풀리곤 한다. 겪어보지 않으면 모를 그 아픔을 더 드러내고, 도움을 청했더라면 어땠을까 싶어서 마음이 아프다.

나 역시 어머님의 병 앞에서 내 마음도 같이 무너져가는 중이라고 밝히는 것이 죄스럽고 미련해 보여서 입을 다물었었다. 남편 역시 마찬가지였다. 하지만 지나고 보니 병을 앓는 당사자만큼이나 돌보는 가족들의 마음도 서로 보듬을 방법을 꼭 이야기해야겠다는 생각이 든다. 보건소에서 나누어주던 책자의 좋은 글귀 몇 개로는 해결되지 않았던, 매일 무너져내리던 그 마음을 어떻게 일으켜 세울 수 있었을까?

그때 큰 힘이 되었던 것은 간병하는 절대 시간을 분담할 수 있는 요양보호 제도였다. 아마 온종일 어머님을 나의 손으로 돌봐야 했다면, 아이 둘을 돌보는 것도, 내 살림을 유지하는 것도 어려웠을 것이다. 하지만 주간보호센터에 가기 전 아침 한 시간을 돌봐주는 분이 있었기에 우리 가정은 유지될 수 있었다.

누구라도 와서 가족이 해야 할 일을 나누어서 해준다는 것에 감사한 마음이 들었다. 그래서 지원자가 있다는 말에 기쁜 마음으로 사전 티타임을 갖게 되었다. 면접이라고 하면 너무 딱딱하고, 나와 남편이 요양보호사와 앞으로 어떻게 간병 기간을 현명하게 이어갈 수 있을지 이야기하고 싶었다. 그런데 조금 이상한 느낌을 받았다.

그 사람은 본인이 미국에서 오래 살았으며, 자식은 뭘 하고 있고, 본인의 형편이 얼마나 번듯한지를 자랑삼아 말하는 분이었다. 결국 지금 하는 요양보호 일은 그냥 취미 그 이상도 이하도 아니라는 식의 말에 더 대화를 잇기가 어려웠다. 아마도 다양한 계층의 환자와 가족들을 만나며 내심 마음의 상처를 받는 일도 있었을 것이고, 여러 가지 상황에 직면하면서 당황스러웠던 경험도 겪었을 것이다. 그런데 처음 만나는 자리에서 자신을 높이는 것을 보니 어머님을 돌봐줄 사람으로 믿고 지지하기엔 무리라고 판단했다.

연결해 준 주간보호센터 원장에게 아무래도 적합한 분이 아닌 것 같다는 의사를 전달했다. 마음이 무거웠지만, 아픈 사람을 돌보는 사람이 낼 수 있는 마음이 아니라고 느꼈다. 이어서 새로운 사람을 소개받았다. 그리고 두말없이 어머님의 아침 시간 돌봄을 부탁해도 좋겠다고 마음의 결정을 내렸다. 마음이 서로 통했기 때문이다.

　어머님은 처음엔 예쁜 치매로 시작해서, 시간이 흐를수록 매서운 치매를 앓는 환자로 변해갔다. 고분고분하고 하자는 것은 잘 따라 하던 어르신이 소리를 지르거나, 몸에 힘을 주며 버티거나, 혼자서 의심하고 망상을 이어가는 변화의 과정을 우리도 요양사도 묵묵히 이겨냈다. 나와 남편은 밤 시간에 어머님을 돌보며 그 모습을 다 지켜봤고, 요양보호사는 아침 시간의 그런 모습들을 혼자서 감당했다.

　나 어릴 적이었다면, 우리 엄마가 두 손을 다 걷어붙이고 했었을 법한 일을 이제는 요양보호사가 대신해서 해주고 있다. 나는 우리 집에서 두 아이 등원 준비를 하고, 그 시간에 어머님은 요양보호사의 손길로 센터 등원 준비를 한다. 그렇게 두 가정이 각자의 규칙대로 흘러간다. 어떤 때엔 전부 다 내가 해야 할 일을 나눠서 하는구나 싶어서 괜한 머쓱함이 느껴지는 때도 있었다. 하지만 그런 마음은 키워나가지 않으려고 다짐했다.

　적어도 어머님을 간병하는 동안에는 내 마음에 스스로 만드는 죄책감 같은 것을 갖지 않으려 했다. 재미있는 일이 있으면 크게 웃고, 아픈 날은 푹 쉬기도 하고, 좋은 일이 있으면 마음껏 행복해하기로 마음먹었다. 나는 간병 중인 며느리니까 늘 울상을 지어야 하고, 요양보호사의 도움을 받는 것을 감지덕지해야지 하고 생각하지 않았다. 당당히 받을 수 있는 제도적 도움을 요청하고, 감사한 마음을 가지며, 가족으로서 얻을 수 있는 혜택을 빼먹지 않으려고 노력했다. 그게 결국 오랜 간병에서 살아남는 법이라는 걸 기억하고 싶었고, 그게 결국 나를 살리는 법이라는 것을 잊지 않으려고 했다.

우리 가족에게 주어지는 요양보호 제도의 테두리는 감사히 받아들이되, 인간적으로 요양보호사에게 전할 수 있는 감사의 표현은 잊지 않으려고 했다.

한 선배가 치매인 아버지를 모시며 가장 난감했던 때가 요양보호사가 동정심에 호소하며, 찾아오는 여러 형제에게 돌아가면서 웃돈을 요구했던 때라고 하였다. 그런 이야기를 먼저 들어서 그런지 보호사가 어머님 돌보는 것이 힘들다고 하면 혹시 그런 뜻인가 싶어서 마음이 조마조마하던 시절도 있었다. 그래도 최대한 합리적으로 생각하면서 처지를 바꿔 생각하고 어머님의 건강 상태에 따라서 목욕 횟수를 조정하거나, 돌봄의 절차를 바꾸어 보는 등 상황에 따라 조정해나가면서 맞추려고 노력했다. 명절에는 선물과 조금의 사례비를 더해 감사의 인사를 하기도 했다.

우리도 모든 것이 처음이었고 어머님의 병세는 빠르게 진행되어서 모든 것이 정신없이 흘러갔지만, 확실한 것은 가족이 아닌 또 다른 사람이 우리 어머님에 대해서 같이 생각해주고, 돌봐준다는 것은 아주 큰 힘이 되었다는 사실이다. 때로는 사소한 일로 섭섭함이 생기거나, 오해가 생길 수도 있다. 사람을 돌보는 것은 그만큼 예민하고 신경이 곤두서는 일이기 때문이다. 더구나 아픈 사람을 돌보느라 얼마나 조심하고 있는지 서로 잘 안다. 감사한 마음을 바탕으로 요양보호사의 직업적 사명을 존중하면서 그렇게 우리 어머님을 믿고 맡기며 함께 나아갔던 시간이었다.

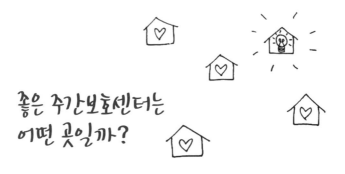

좋은 주간보호센터는
어떤 곳일까?

임신 소식을 확인하자마자 하는 일이 바로 집 근처 어린이집 대기 명단에 이름을 올리는 일이다. 심지어 뱃속 아기의 태명으로라도 순번에 올리는 것이 중요하다. 그만큼 아이를 돌보는 데에 어린이집이 중요하고, 아이가 좋은 어린이집에 잘 적응해서 생활해야만 부모의 마음도 편안해진다.

이 공식은 셋째 아이로 맞이한 어머님에게도 똑같이 적용되었다. 부산에서 올라오기로 결정이 나자마자 했던 일은 할머니집(주간보호센터)을 살펴보러 다닌 일이었다. 아이 둘을 데리고 온 식구가 보러 다니기도 했고, 남편이 휴가를 내어 부부가 다니기도 했다.

좋은 어린이집을 찾기까지 여러 군데를 다녀보면서 느꼈던 점은, 외적인 모습도 중요하지만, 그보다도 어린이집에서 생활하는 아이들의 표정을 주의 깊게 살펴봐야 한다는 것이었다. 해맑고 경쾌하게 웃으며 놀고 있는지를 관심 있게 보았고, 근무하는 선생님들에게서 풍겨 나오는 느낌도 중요하게 여기며 대화를 나누었다. 결국은 하루 중 꽤 긴 시간을 함께하는 사람들이 어떤 분위기를 만들어가는지가 중요하기 때문이다.

주간보호센터를 선택해야 할 때도 같은 기준을 적용했다. 그런데 어린이집과는 달라도 너무 달랐다. 어르신들은 대체로 조용하게 말씀이 없으셨다. 멍한 시선으로 티브이를 보거나, 말없이 허공을 보고 있었다. 말을 붙여볼 수도 없지만, 왠지 이미 많은 말을 한 듯한 느낌이었다. 어디에다가 물건을 놓고 온 듯한 허무하고도 안타까운 감정이 느껴졌다. 어쩌면 그것은 젊음인지도 모른다. 나이 듦이 무엇인지를 공간과 분위기로 느낀다면 바로 이곳이겠구나 싶었다.

규모가 얼마나 되는지, 개인 공간은 어떤 식으로 갖추어져 있는지, 건물의 방향은 어떻게 되며 해는 잘 드는지, 식사는 잘 나오는지, 즐겁게 참여할 수 있는 프로그램은 있는지, 돌봐주시는 원장님, 직원들의 모습은 어떤지, 함께 생활하는 어르신들의 성비나 연령대, 건강 정도는 어떤지, 등하원 차량은 어떻게 운행되는지 등 궁금한 것이 참 많았다. 찬찬히 하나씩 살펴보는데 자꾸만 어르신들의 모습에 눈길이 갔다.

지금은 우리 어머님이 생활하기에 적절한 공간을 찾는다고 분주하지만, 불과 몇십 년만 지나면 내가 여기에서 생활할 수도 있겠구나 싶어지니 참 많은 생각이 순식간에 몰려왔다. 어르신들이 앉아있는 저 자리 어디 쯤에 내 자리도 생기겠구나, 그때는 지금 하는 이 모든 것들이 다 무슨 소용일까 싶어지기도 했다. 내 손으로 밥은 떠먹을 수 있을까? 한 켠에서 벌어지고 있는 화투판에 나는 끼일 수 있을까? 같이 노래 부르고 종이접기 하는 데에 한 자리 차지해서 시간을 보내게 될 나의 노후는 행복할까? 생각이 계속 이어졌다.

정신을 차려보면, 톡 쏘는 소독약 냄새가 나곤 했다. 목욕하는 날짜에 맞추어 목욕하고, 남자와 여자로 분리된 조금은 사적인 공간이 마련되어 있기도 했다. 그중에서 건강이 약한 어르신을 위해서 누워서 쉴 수 있는 공간도 있었다. 젊을 땐 두 발로 당당히 걸어 다니던 그 활기참이 늙으면 작은 방 한 칸에서 몸을 누이고 시간을 흘려보내며 지내야 한다는 것이 애처롭고 가련하게 느껴졌다. 그 모습은 어떤 정해진 노인에게만 찾아오는 것이 아니라, 나와 우리 모두에게 다가올 것이다.

어머님을 모시기 위해서 살펴보던 주간보호센터 곳곳에서 생각이 멈추고, 직원의 설명을 따라가기를 반복하다가 집으로 돌아왔다. 그리곤 가장 따뜻한 햇살이 들어오고, 원장 내외분의 표정이

푸근한 곳으로 결정을 했다. 이제부터 어머님은 그곳에서 낮 시간을 보내며 식사를 하고, 하루의 많은 시간을 보내게 될 것이다.

눈으로 보고 온 여러 센터의 모습이 한동안 잊혀지지 않았다. 삼십 대 후반의 내게는 멀다고 느껴졌던 노년의 모습이 자세하게 그려졌다. 그곳에 마치 멈춘 영화처럼 천천히 행동하던 어르신들도 지금의 나처럼 삼십 대의 어느 날을 저마다 정답게 보내며 살았을 것이다. 그리고 모두에게 오는 공평한 노화를 맞이하여 지금은 그곳에서 생활하고 있다. 그 당연한 사실이 당연하지 않았으면 좋겠다고 부정하고 싶어졌다. 내게 오는 노화는 속도가 더뎠으면 좋겠고, 추하지 않았으면 좋겠다는 욕심도 부리고 싶었다. 한 며칠은 계속 마음이 찜찜하고 안 좋았다. 나의 미래가 너무나 구체적으로 그려지는 그 느낌이 자꾸 따라와서 힘들었다.

주간보호센터 몇 곳을 다니며 본 것은 곧 내 미래의 모습이었던 셈이다. 거부하고 싶고, 가능하다면 시간의 흐름을 멈추고 싶을 만큼 외면하고 싶었다. 그것은 직장생활을 하며 선배들의 모습에서 희망을 찾지 못하고, 내 몇 년 후의 미래가 그와 같이 될 거라는 절망에 담긴 것과 비슷했다.

그렇지만 이번엔 마음을 바꿨다. 돌봄을 받는 입장이 되기 직전까지, 나는 돌봄을 주는 사람으로 살겠다는 다짐이다. 내 아이와 우리 가족은 당연하고, 가능하면 내 힘이 다하는 날까지 돌봄이 필요한 넓은 범위의 사람들을 마음껏 돕고 싶다고 생각했다.

내가 가진 것은 말할 수 있는 능력, 글을 쓸 수 있고, 귀로 들을 수 있으며, 공감할 수 있는 것, 그림으로 내 속을 보일 수 있는 것, 포기하지 않고 계속 새로운 일에 도전할 수 있는 마음 같은 것이 있다. 이미 가진 것이 이렇게 많은데 어떻게 하면 내가 가진 능력으로 남을 도울 수 있을지를 생각하면서 팔팔하게 살아있는 내 에너지를 잘 사용하고 싶어졌다. 내가 가지지 않은 것에 집중하며 불행을 빚지 않기로 했다. 그리고 마침내 내게도 돌봄을 받아야 하는 순간이 찾아오면, 감사한 마음으로 받기로 마음먹었다. 그때 내 정신이 남아 있을지 없을지 몰라도, 그전까지 좋은 덕을 쌓으면서 어떤 실언을 해도 그리 밉지 않은 말이 나올 수 있는 삶을 살고 싶어졌다.

내가 나를 불안해하지 않을 수 있도록, 내 정신이 다 하는 그날이 오더라도, 내가 하는 말에 그동안의 삶이 곱게 담겨 있을 수 있도록, 그렇게 부끄럽지 않은 삶을 살아야겠다고 마음먹게 되었다.

손 잡아요.

형제 중에
누가 모셔야 할까?

　사람을 일직선상에 두고 나란히 줄을 세워, 1등부터 꼴등까지 서열을 매기는 환경에서 자란 우리들이다. 그게 너무 수치스러웠고, 거기에서 잘못된 열등감과 자만심의 패턴을 배워서 아무 곳에서나 줄자를 들이대며 비교하는 나를 만나면 부끄러워서 숨고 싶어진다.

　어머님을 우리가 모셔야겠다고 결심하기까지 대부분은 말 없는 신경전을 벌이기도 하고, 모르쇠도 해봤으며, 단호하게 힘들다는 의사도 표현해보기도 했다. 애써 장남이 있는데 왜 차남이 나서서 그러냐는, 시대를 쫓아가지 못하는 고리타분함을 꺼내와서 내가 지금 제일 힘들게 사는 사람이라고 하소연하기도 했다. 같은 선상에 놓고 보면 어린 자식 둘 키우는 내가 제일 힘들다는 입장에 사로잡혀 있었던 셈이다.

자꾸만 모든 면이 비교하고 싶어졌다. 형님네는 아이들이 꽤 많이 컸잖아, 우리는 섬에 살잖아, 나는 풀타임 근무잖아. 갖다 붙일 것은 많았다. 전부 비교하면서 왜 나는 할 수 없는지에 집중하고 있었다. 그런데 그럴수록 형님네의 사정이 자꾸 내 마음에도 들어왔다. 형제 중에도 누가 더 생활을 반듯하게 하고 있는지가 단순히 비교하긴 힘들겠지만, 어림짐작으로 살펴보아도 조금 더 손길을 내밀면 좋을 사람을 찾기는 쉬웠다. 우리 집이 두 집 중 조금이나마 나았다.

비록 여태까지 이기심을 내세워 못 한다고 내세우던 내가 버티고 있긴 하지만, 그 이기심 하나만 이타심으로 바꾸면 우리가 넓게 품는 게 좋을 성싶었다. 이상하게 내 주장을 내세우느라고 비교를 하다 보면, 결국 끝에 다다라서야 알맞은 결론이 났다. 자세히 보고 싶지 않던 큰집의 사정이 파고들어 가볼수록 도움이 필요해 보였다. 우리 집도 쑥대밭이지만, 그쪽도 꽃밭이라고 말할 순 없었다.

물론 한순간에 스위치의 방향을 바꿔 누른다고 마음까지도 단숨에 옮겨지는 것은 아니었지만, 어머님을 모시는 중에도 큰집의 사정이 계속 눈에 들어왔다. 핏대를 세우며 내가 옳다고 하던 많은 것들이 사실 동일선상에 두고 보자면 내가 양보하고 감싸 안아야 하는 경우일 때가 많았다.

겨우 두 형제였기에 망정이지, 셋 이상이었으면 내 이기심이 세 갈래로 갈라져서 비교하느라고 아주 바빴을 것 같다. 그래서 다행이다. 한참 어머님을 모시는 것이 힘에 부치고 어려울 때는 차라리 형제가 없다고 생각하며 남편이 외동아들이라고 생각하는 편이 나았을 때가 있었다. 그렇지 않으면 견디기가 힘들었다. 그렇지만 있는 사람인데 없는 사람이라고 생각하는 것도 맞는 모양새는 아니었다. 마음을 넓혀야지, 시야를 좁힌다고 해결될 문제가 아니었다.

우리가 어머님을 셋째 아이로 모시는 중에, 아주버님과 형님 사이에는 늦둥이 셋째가 태어났다. 내 마음은 바로 축하로 물들지 못했다. 그 귀여운 생명의 탄생 앞에서도 나는 이기심을 내세우며 허탈한 마음이 들었다. 우리가 어린 남매 키우며 어머님을 셋째 아이로 맞이하며 이토록 몸과 마음을 다해 지내고 있던 동안 큰집에선 실제로 아기가 태어났구나. 아기가 태어났다는 소식을 듣고도 축하하러 달려가고 싶은 마음이 들지 않았다. 어머님이 우리 동네에 계시는데도 한 번도 찾아오지 않는 형님을 웃으며 대할 자신이 없었다.

그리고 아기의 돌이 지나 처음 만나게 되었다. 그때쯤 되자 우리의 간병 생활도 자리를 잡았고, 내 마음도 안정을 찾아가고 있었다. 처음 만난 조카는 너무나 귀여웠다. 우리 가족 모두에게 사랑을 선물하려고 찾아온 듯, 잘 울지도 않고 나이 차가 많이 나는 언니 오빠들 사이에서 씩씩하게 잘 놀았다. 어느덧 우리 아이들도 초등생이 되고, 그보다 일곱 살이나 어린 아기를 보니 나의 칠 년 전이 떠올랐다.

참 무서웠다. 아버님 교통사고 소식을 듣고 첫째를 친정에 맡기고 젖먹이 둘째를 아기 띠로 안아서 기차를 타고 부산으로 향했다. 내가 아기를 돌보느라 쩔쩔매고 있으면 주변에서 짐도 맡아주고, 애도 봐주느라 손길이 다가왔다. 그러면 부리나케 화장실도 다녀오고 허리도 펼 수 있었다. 그렇게 아기도 나도 어렸던 시절이 있었다. 곧이어 우리는 어머님의 보호자가 되어야 했다. 그로부터 8년이 지난 것이다. 우리 집안엔 새 생명이 태어났고, 그 위의 언니 오빠들은 전부 훌쩍 커버렸으며, 남편과 아주버님, 나와 형님도 고여있던 상처를 꽤 많이 털어낼 수 있었다.

어머님은 요양원에 입소하신 지 반년이 지나가고, 그곳에서의 생활에 적응해가고 있다. 나는 이제 좀 정신이 든다. 그 몇 년을 어떻게 살았는지 모르겠다. 아이를 키운다고 바빴는지, 내가 큰다고 바빴는지, 어머님을 돌본다고 분주했는지 모르겠다. 하여튼 빠르게 지나갔던 그 시간이다.

우리가 마음을 여는 게 좋겠다고 생각해서 어머님을 모시고 나서, 우리 가정엔 감사한 일, 행운과도 같은 일이 늘 함께했다. 시가에 관심을 쏟고 있던 사이, 친정 부모님은 건강하게 지내셨고 특히 아버지는 암 완치 판정을 받았다. 여동생네도 외국 생활을 잘 마무리하고 한국에 와서 좋은 곳에 자리 잡아 단란한 가정을 꾸리고 있다. 남편은 밤마다 어머님을 돌보고 돌아오면 공부를 했고, 그 결과 원하던 자격시험에 합격했고, 나도 우울한 모습 너머의 생기있는 내가 되고 싶어서 새로운 꿈과 재능을 찾아서 더 없이 적극적인 시간을 보냈다. 아이 둘은 티끌 없이 맑게 자라주어 가장 감사하다.

행복은 어디 멀리 있는 것이 아니었다. 내 인생에 어떤 새로운 장면이 펼쳐져도 바로 그 자리에서 좋은 걸음을 이어가는 것이 곧 행복해지는 길이었다. 어떤 등장인물이 새롭게 다가와도, 하루아침에 풍경이 바뀌어도 받아들이고 좋은 해석에 공을 들여서, 그것을 곧 내 인생으로 삼고 꾸준히 나아가는 것이 중요한 일이었다.

무엇을 한다고, 무엇을 피한다고 되는 일이 아니었다. 누구에게나, 어느 가정에나 올 수 있는 치매라는 병에게 내 인생 한쪽을 조금도 양보하고 싶지 않았던 과거에 비하면, 이젠 병을 바라보는 나의 눈을 잘 가다듬어, 병과 함께 삶을 이어가야 하는 또 다른 간병 가족들의 마음을 더욱 헤아리고 싶어진다. 내가 먼저 겪어봤던 이야기를 공개하는 것에도 많은 용기가 필요했지만, 어느 가정에라도 찾아올 수 있는 병과 그것을 대하는 가족들의 마음에 생채기가 덜 나길 바라는 마음이 조금 더 컸기에 '더함'도 '덜함'도 없이 경험 꾸러미를 풀어놓을 수 있었다.

이 글은 며느리의 입장에서 쓴 것이지만, 여전히 궁금한 것은 어머님의 마음이다. 갑작스럽게 남편을 잃고, 치매 증상은 하루가 다르게 심해지고, 평생을 살던 부산에서 갑자기 이사해 낯선 집에서 생활해야 했고, 온통 처음 만나는 노인들 사이에서 제일 젊은 나이로 센터와 요양원 생활에 적응하였으며, 기억이 뚝뚝 끊기는 와중에도 며느리에게 한 번씩 고맙다는 표현을 잊지 않으시던 우리 어머님.

면회 때마다 마주 보는 어머님의 얼굴은 갈 때마다 달라져 있다. 고운 빛이 어려있던 어머님의 얼굴은 점점 가벼운 신경질을 내고, 남을 믿지 못하는 모습으로 바뀌어 간다. 어머님의 마음은 하루하루가 이해 가지 않는 것들로 둘러싸여 있을 것이다. 자꾸만 모르는 사람이 친한 척하면서 말을 걸거나, 처음 와본 장소인데 그쪽으로는 가지 말라고 말리는 사람들 사이에서 생활하는 게 답답하고 힘들 것이다.

당사자는 힘들지 않고 주변인들만 힘들어진다는 치매라는 병이지만, 내 눈에 비친 어머님의 얼굴에는 힘듦이 묻어나왔다. 매일 새롭고, 외로운 삶을 살아가는 어머님의 남은 생이 조금이나마 덜 막막하고, 덜 힘들었으면 좋겠다. 나의 바람이 어머님에게까지 닿을지 모르겠다. 하지만 내가 품은 이 마음 하나가 우리 가정에 어떤 등불로 작용하게 될지 이제는 잘 안다. 가족 구성원 한 명 한 명이 품는 작지만 따뜻한 마음이 온 집안을 밝히게 된다는 것을 이제는 확신할 수 있다.

요양원 생활을
윤택하게 만드는 준비물

아이 둘을 데리고 혼자 외출할 때 챙겨야 할 준비물이 많다. 어릴 때는 여벌 옷과 물티슈, 손수건, 기저귀 등을 꼭 챙겼고, 좀 커서는 가벼운 놀잇감을 빠뜨리지 않고 챙기곤 했다. 더불어 육아 난이도를 조절해주는 비밀 무기가 있는데, 그건 바로 젤리나 어린이 비타민 같은 작은 간식거리이다. 그런 게 있으면 징징거리던 아이도 순식간에 온순하게 변한다. 자주 사용하면 효과가 줄어들기 때문에 꼭 필요할 때만 요긴하게 사용하고 있다.

요양원의 어르신들도 따라야 할 규칙이 있다. 정해진 시간에 식사와 목욕, 놀이 활동을 해야 하는데 안 하겠다고 떼를 쓰는 경우가 종종 생긴다고 한다. 그럴 때 어르신들에게도 똑같은 비밀 무기가 사용된다고 한다. 요양원 직원으로부터 어르신을 위한 간식이 필요하다는 말을 전해 듣고, 바로 준비했다.

보호사가 준비한 멸치와 땅콩을 함께 볶은 것을 특히 좋아한다는 말에 같은 것을 구입하고, 고구마말랭이와 작은 봉투에 담긴 견과류 모음도 샀다. 빨대에 꽂아서 먹는 멸균우유도 함께 샀다. 전부 박스 단위로 된 것을 사서 다음번 면회 때 바로 가지고 갔다.

식사와 식사 사이 시간에 요양원에서도 잘 짜인 프로그램들이 있다. 그때마다 어머님이 간식의 힘으로라도 협조적으로 잘 따라서 할 마음을 가졌으면 좋겠다. 아무리 시스템적으로 운영하는 곳이라고 해도, 결국 마지막에는 사람과 사람의 손길과 눈길이 맞닿아야 한다. 어머님이 받는 눈빛이 따뜻하길 바라며, 특히 좋아하시는 멸치 간식이 힘을 발휘할 거라 믿는다.

어머님이 집에서 생활할 때 자주 관심 있게 보던 것은 오래된 사진이었다. 누가 누군지 모르겠다는 표정이었지만, 유심히 바라보며 한참을 손으로 짚어가며 관심을 두었다. 처음엔 돌아가신 시아버님의 얼굴을 알아봤지만, 차츰 누군지 모르겠다는 표정을 짓곤 했다. 보호사가 가족사진을 준비해오면 좋겠다고 해서 크게 확대해서 인화한 사진을 앨범에 넣어 챙겨갔다. 유리문을 사이에 두고 비대면 면회를 할 때였는데, 어머님은 아들 한 명만 알아보시고, 사진 속의 나도, 유리문 바깥의 나도 못 알아보았다.

그래도 어머님에게는 그 가족사진이 필요해 보였다. 대부분 시간을 보호사와 소통하며 지내는데 가족 이야기를 나누는 때에 사진 속의 인물을 가리키며 이야기하면 훨씬 낫다고 설명해주었다.

면회를 마치고 집으로 돌아올 때는 늘 요양원에서 어머님이 어떻게 지내실지 궁금한 마음이 더 커진다. 잠시 마주 앉아서 이야기 나누는 동안에도 어머님은 편안해 보이지 않았다. 잠시 어머님의 입장이 되어 요양원 생활을 상상해봤다. 매일 초기화되는 기억을 가지고, 낯선 곳에서 지내는 어머님이 대단하게 느껴졌다. 누구나 노후에는 오게 될 수도 있는 장소, 요양원. 그곳에서 어머님은 노년의 삶을 채워나가고 계셨다.

몇 가지 준비물들이 어머님의 팍팍한 요양원 생활을 기름칠하는 역할이라도 했으면 좋겠다. 아무리 때맞춰 식사했어도 허전한 속을 달래며 간식도 즐기고, 한 번씩 가족사진도 들춰보며 아들 얼굴이라도 쓰다듬어 보시길 바란다.

지금 내 옆에 있는 수북한 물건들을 한 번 쳐다본다. 버리지 못하고 짊어지고 있는 물건 중 나는 어떤 것을 훗날 요양원에 가지고 가게 될까? 안경, 노트, 펜 외에는 모두 쓸모없는 물건이 될 것 같다. 더 많이 가지려고 안달하는 삶이 아니라 더 줄일 것이 없을지 살펴보며 자꾸만 간소한 방향으로 나아가는 삶을 만들고 싶다.

CCTV는 간병의 필수품이다

어머님이 부산에서 혼자서 생활할 때부터 불안한 마음은 날로 커졌기에, 집에 CCTV를 설치할 필요가 있었다. 알아보니 정말 다양한 기능을 가진 CCTV가 있었다. 그중에서 간병에 꼭 필요한 기능을 갖추고 있는지 확인해서 장만했다.

CCTV 회사에서 만든 앱이 있어서, 그 앱을 통해서 움직임이 감지되는 순간을 알 수 있었다. 선 그래프상에 어머님이 움직이는 구간만 표시가 되었고, 그 구간만 다시 보기가 가능했다.

우리 집과 멀리 떨어져 계신 어머님의 하루가 어떻게 이루어지는지 몹시 궁금했었는데, CCTV가 설치되고는 마치 가까이에서 생활하는 듯한 느낌도 받을 수 있었다.

어머님 집에서 나는 소리를 생생하게 들을 수 있어서, 집에 누가 찾아오면 대화하는 소리도 들을 수 있었다. 반대로 우리가 앱을 통해서 마이크 기능으로 하는 말이 어머님의 CCTV 스피커를 통해 직접 전달되는 기능도 있었다. 그러면 어머님과 간단한 전화 통화도 가능했다.

그러다가 코드가 뽑히거나, CCTV에 무슨 이상이 생기면 먹통이 되는 날도 있었다. 식사와 약은 잘 챙겨 드시는지, 생활을 잘하는지 가늠할 수가 없었고 눈으로 확인하던 것을 전화 통화에만 의지하려니 무척 답답했다.

전원을 한 번 뺐다가 다시 꽂아보라는 간단한 메시지도 어머님에게는 하기 힘든 어려운 일이었다. 그래도 어머님을 우리 동네로 모셔오기 전까지는 CCTV의 역할이 아주 컸다. 이사 후에도 옮겨서 달아놓았다. 어머님의 건강 상태를 늘 확인해야 했고, 위급한 상황은 없는지 남편은 사무실에서도 수시로 확인하곤 했다.

어머님이 이사한 후, 하루는 남편과 이런 대화를 나눈 적이 있다.

"여보, CCTV로 '엄마, 불 다 꺼요.'라고 말하면 안 돼요?"

"아니야. 밤에 불 끄러 가는 것도 맞지만, 엄마가 잘 주무시는지도 보고, 보일러 온도는 적정한지, 창문이 열린 곳은 없는지, 전체적으로 다 보고 와야지."

아차! 싶었다. 내가 무지했다. 매일 잠들기 전, 남매가 잠든 방에 들어가서 옷이 말려 올라가서 배꼽이 나오진 않았는지, 이불은 잘

덮는지, 땀이 많이 나진 않았는지, 불편한 자세로 자고 있는 건 아닌지 살펴보는 것과 똑같구나 싶었다. 남편은 이미 우리의 셋째 아이인 어머님의 확실한 주양육자가 된 모습이었다.

간혹 아이 둘과 어머님이 함께 집에 머물 때는 우리 부부가 외출할 일이 있을 때도 CCTV는 메신저 역할을 톡톡히 해냈다. 어머님도 핸드폰 사용이 어둔하시고, 두 아이는 아직 사용법을 모를 때에 CCTV에 내장된 스피커를 통해서 대화를 나누었다.

아이들은 CCTV를 바라보면서 우리와 통화를 하고, 할머니에게 필요한 것을 챙겨드리기도 하면서 우리의 빈자리를 채웠다. 처음엔 그토록 막막하던 간병도 제도, 사람, 기기의 도움을 받아 가며 점점 우리 식구만의 노하우를 축적할 수 있었다.

왜 우리 식구에게만 이런 고난이 올까 싶었던 막막했던 마음은 소용이 없었고, 어떻게 하면 이 상황을 풀어갈 수 있을까에 집중하며 계속 긍정 신호를 찾아갈 수밖에 없었다. 그 과정에서 자꾸만 우리 삶을 편안하게 만들어주는 것들을 하나씩 만날 수 있었다.

처음부터 알았더라면 좋았을
간병을 시작하는 마음

"엄마가 또 집을 나갔어. 어서 가봐."

남편의 다급한 목소리가 핸드폰에서 터져 나온다. 직장에서 어머님 집 CCTV를 확인하고는 나에게 바로 전화를 한 것이다. 아무리 보호센터에서 돌봄을 받는다고 해도 잠깐씩 생기는 공백의 시간에 꼭 사건이 일어난다. 보통날이었다면 하던 일을 멈추고 달려갔겠지만, 오늘은 강의하는 날이다. 그것도 딱 5분만 있으면 온라인에서 내 강의를 기다리고 있는 수강생들을 만나기 직전인 순간이다.

"여보, 미안해. 나 5분 후에 강의 시작해야 해요. 경찰에 전화하는 게 좋겠어요."

5분 후, 마치 아무 일 없었다는 듯 노트북 앞에 앉아서 천연덕스럽게 강의를 시작한다. 최대한 침착하게 진행해보려고 노력하지만 내 머릿속에선 하염없이 길가를 헤매고 있을 어머님의 모습이 자꾸만 그려진다. 죄책감은 또 어떻게 다스려야 될까? 그래선 안 되지만 만약 큰일이라도 난다면 내가 하는 일이 다 무슨 소용이겠냐는 괴로운 마음도 든다.

약속된 강의를 무사히 마치고, 바로 남편에게 전화를 걸었다. 다행히 조심성 많은 어머님은 집에서 멀리 떨어지지 않은 곳에서 찾을 수 있었다고 한다. 지난번에도 똑같은 일이 일어나서 경찰의 도움으로 집에 모시고 왔었고, 그때 어머님 눈가에 촉촉하게 맺혀있던 눈물을 본 적이 있기 때문에 마음이 많이 아팠다.

온라인에서 강의를 할 수 있는 기회가 많이 생긴 건 참 좋은 일이다. 아이를 돌보면서도 아픈 어머님을 모시면서도 일할 수 있다는 것은 나 같은 엄마들에겐 참 희망적인 신호다.

하지만 돌발 상황이 생길 땐 얘기가 달라진다. 어린아이를 돌보는 것처럼, 어르신을 모시는 것에도 성인 한 명이 항상 대기하고 있어야 한다는 생각이 들면서, 자꾸만 새로운 일을 찾아서 시도해보려는 마음을 가졌던 게 죄스러워진다.

그렇게 누구도 나에게 꾸짖은 적 없지만, 마음속에는 늘 죄책감이 차지하고 있었다. 원래 계획된 내 일을 할 때와 어머님에게 긴급 상황이 발생했을 때처럼 두 개 중 하나를 선택해야 하는 상황이 난처했다.

하지만 다시 간병의 시작 지점으로 돌아간다고 해도 이따금 느꼈던 죄책감은 털어버리는 쪽으로 마음먹고 싶다. 지금 돌이켜보면 죄를 지은 것도 아닌데, 우연히 일어난 일에 대해서 혼자 책임을 지려고 했던 마음이 나를 더 아프게 만들었던 것 같다.

간병은 옳고 그른가의 잣대를 들이댈 일이 아니라, 얼마나 마음을 쓰고 있는지 헤아리고 서로 위로하며 꾸준히 할 수 있는 힘에 집중하는 편이 더 현명한 길이다.

남편은 어머님의 배회나 가출에 대해서 나를 원망한 적이 한 번도 없다. 내 마음에선 비록 그때 그 시간에 내가 돌보고 있었더라면 하는 자책과 후회가 밀려왔을지언정.

어머님을 모시던 시간 동안 얼마나 많은 우연과 엇갈림이 있었는지 모른다. 그 한 번 한 번을 곱씹으며 매번 내가 막아냈어야 한다고 후회하지 않는 게 앞으로 어머님을 뵐 때마다 내 표정이 더 밝아지는 방법일 것이다. 누구도 치매 어르신을 모시면서, 아무런 실수도 없이 말끔한 경기를 치르는 최고의 플레이어가 될 수 없다. 지치지 않게, 자신을 다독이고 간병하는 가족끼리 끊임없이 기운을 북돋우며 계속 걷는 것이 가장 좋은 마음가짐이라는 걸 많이 걸어보고서야 말할 수 있게 되었다.

행복은 어디 멀리 있는 것이 아니었다.

내 인생에 어떤 새로운 장면이 펼쳐져도

바로 그 자리에서 좋은 걸음을 이어가는 것이 곧 행복해지는 길이었다.

어떤 등장인물이 새롭게 다가와도,

하루아침에 풍경이 바뀌어도 받아들이고 좋은 해석에 공을 들여서,

그것을 곧 내 인생으로 삼고 꾸준히 나아가는 것이 중요한 일이었다.

제가 좋아하는 것을 건강하게 오랫동안 하고 싶다는 생각을 갖기 시작했습니다. 어머님은 건강을 위해서 별도로 운동을 하진 못하세요. 요양원에서 날씨가 좋으면 어르신들을 모시고 가까운 곳으로 산책하는 정도밖에는 활동량이 많지 않으세요.

아마 어느 순간이 되면 모든 사람에게 똑같이 운동을 스스로 챙겨서 할 수 없는 나이가 올 거예요. 저는 지금도 운동하는 것을 즐기진 않지만, 이제는 그렇게 살아선 안 되겠다는 생각이 듭니다. 제 몸을 제 의지로 지킬 수 있을 때까지는 책임을 다하겠다는 마음으로 몸을 가꿔야겠어요.

주말에는 남편과 등산을 합니다. 체력은 자신 있는 남편에 비해서 저는 늘 비실비실한 편인데, 그래도 제가 앞에 서도록 하고 뒤에서 응원해주는 남편을 생각하면 자꾸 힘을 내야겠다 싶어집니다.

음식도 더 잘 챙겨 먹는 중입니다. 쉽고 간단하게 먹을 수 있는 음식은 노력은 적게 들지만, 영양과 맛은 믿을 만한 게 못되지요. 예전에는 영양가 있는 음식은 아이들에게 먼저 줬는데, 요즘은 제 몫도 꼭 지키려고 합니다. 전체적으로 먹는 양도 늘리고 단백질 섭취를 특히 늘려서 튼튼한 몸을 만들려고 노력 중입니다.

어느 순간부터는 자신의 몸을 스스로 지키지 못할 때가 오겠지요. 하지만 그전까진 나의 영혼을 담고 있는 우주이고, 집인 몸을 잘 지키려고 합니다.

마음 건강도 마찬가지입니다. 지금까지는 참는 게 좋은 거라고 생각을 하면서 하고 싶은 말도 잘하지 못하던 숙맥일 때가 많았다면 이제는 제 마음을 지키고,

우리 가정을 지키기 위해서 꼭 필요한 때에 적절한 말을 하는 사람이 되려고 합니다. 꾹꾹 참다가 결국엔 엉뚱한 곳에서 이상한 방향으로 마음이 삐져나와서 고생한 날이 많습니다.

저의 몸과 마음을 탄탄히 하는 법을 아주 작은 것부터 실천해보는 중입니다. 어쩌면 습관만 만들다가 젊음이 가 버릴지도 모릅니다. 하지만 노력은 멈추지 않을 겁니다. 계속 건강에 관심을 가지면서, 좋아하는 일을 활기차게 하고 싶습니다.

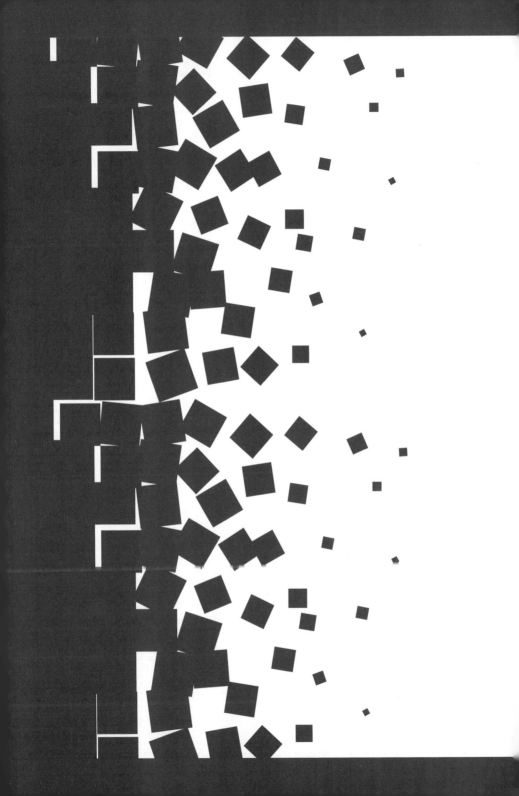

5장

달빛마저 응원하는 시간

Time to cheer for even the moonlight

Time to cheer for even the moonlight

아프리카 여행에서
얻은 것

　남편과 나도 엄마 아빠가 되기 전, 낭만적인 사랑을 하고 바람을 가르며 여행을 다니던 시절이 있었다. 두 사람의 어깨가 가볍고 그 어떤 짐도 짊어질 필요가 없었던 홀가분하던 시절이 분명히 있었다.

　아프리카의 모로코에 여행을 간 적이 있었다. 둘 다 여행을 좋아했고, 특히 한 번도 여행해보지 않은 아프리카 대륙에 가보고 싶었다. 그나마 유럽과 가장 가까워서 너무 낯설지도 않고 치안도 어느 정도 유지될 거라고 기대하고 떠났다.

　가이드북 하나도 준비하지 않은 채 현지의 정취를 있는 그대로 느껴보자고 생각했던 우리 둘은 부랴부랴 짐을 풀고 숙소 밖으로 걸어 나오던 참이었다. 바로 그때 우리가 묵고 있던 호텔의 직원이 자신은 퇴근길이라면서 집에 돌아가는 길에 우리를 봤다면서 모로

코 탕헤르 시내를 가이드해주겠다고 나서는 것이었다.

우리는 이런 행운이 있는가 싶어서 그를 따라서 관광지도 한 장에 의지하려던 여행이 갑자기 가이드 투어가 됐다고 좋아하면서 함께 걸었다. 그는 앞장서서 길을 안내해주었고, 구걸하는 거지들을 쫓아주기까지 했다. 안전하고 든든하기가 이루 말할 수가 없었다. 시내 곳곳을 데리고 다니면서 놓치지 말아야 할 관광지를 안내해주는 것은 물론 현지인들만 아는 장소에 데려다주기도 했다.

그러다가 갑자기 어느 옷가게에 들어가서 우리에게 옷을 입어보길 권하더니, 안 사면 안 될 것 같은 애매한 분위기를 만드는 것이었다. 그때부터 눈치를 채고 어떻게 하면 빠져나올 수 있을지 남편과 서로 눈치만 보는데, 설상가상으로 자그마한 식당으로 데려가더니 우리 둘에게 비싼 음식을 시키게 하고는 지금까지 가이드를 해준 것에 대해서 팁을 달라고 정확한 금액까지 말하는 것이었다.

물론 우리가 먼저 가이드를 해달라고 요청한 것은 아니었지만, 어쨌든 그는 우리를 계속 보호하고, 도심 곳곳을 데리고 다니며 설명해준 것은 맞았다. 그래서 그가 요구하는 거액의 가이드 비용을 지불하며 이것이 바로 말로만 듣던 관광객을 대상으로 한 사기구나 싶어서 식은땀이 났던 때가 떠오른다.

그 믿음직하던 현지인이 한순간에 사기꾼으로 돌변하는 모습을 보면서 마음이 너무 허탈하고 속상해서 이번 모로코 여행은 망쳤다고 생각했고, 그 찜찜하고 억울한 기분은 몇 년이 지나서 아프리카 이야기만 나와도 고개를 절레절레 젓게 했다.

하지만 여행에서 그렇게 예상하지 못한 방향으로 흘러가 본 것, 심지어 평생 잊지 못할 에피소드가 만들어진 것 자체가 실은 사기를 당한 것이 아니라, 살아가며 한 번쯤 있을법한 보통 일이고, 심지어 심심하던 인생에 재미를 준 소중한 에피소드가 될 수도 있다는 것을 수년이 지나서야 깨닫게 되었다.

어머님의 치매 소식을 듣고, 첫 몇 년을 그와 비슷한 심정으로 보냈다. 왜 하필 지금, 왜 하필 나에게, 왜 하필 우리 가정에… 부정적이고 외면하고 싶은 감정이 앞섰다. 두 아이에게 주던 바쁜 손길로 나는 이미 사라지고 난 다음이었다. 어른인 남편은 좀 알아서 잘 살았으면 좋겠는데, 자기도 어린아이가 된 것처럼 내 손길을 기다리고 있는 것에 화가 올라오던 시절이었다. 나는 두 아이 돌보느라 몸이 가루가 될 것 같은데 그는 그 사이를 비집고 와서 자기까지 챙겨달라고 했다. 정말 땅으로 꺼지고 싶었다.

그때의 심정이 사기를 당한 것과 비슷한 상태였다. 왜 하필 이 시점에 나에게 이런 일이 일어날까 하는 생각이 너무 커서 뭘 헤아리고 서로 다독일 마음은커녕 원망의 화살이라도 멈추고 싶은데 그게 맘처럼 되지 않았다. 어머님보다도 내가 더 시급하다는 생각이 들었다. 그런데 부산과 우리 집을 오가며 몇 년, 우리 동네로 모셔와서 몇 년을 보내다 보니, 어느덧 8년이 지났다.

그때 젖을 먹고, 이유식을 먹던 아이들은 이제 어엿한 초등학생이 되었다. 나와 남편의 머리에는 흰 눈이 내린다. 찡그릴 때만 지던 주름이 이젠 가만히 있어도 깊게 자리잡혔다. 우리도 세월을 안았고, 세월도 우리를 안은 시간이었다.

치매를 바라보는 내 눈길도 달라졌다. 사기당한 것 같은 기분, 내 인생이 잘못되려고 나에게만 이런 시련이 주어지는가 보다 했던 그 막막하고 어리석었던 기분이 바뀌었다. 어머님을 돌봐드리며, 정작 돌봄 받은 것은 나였구나 싶어진다.

마음을 갈고 닦고, 눈에 보이는 것이 아니라 보이지 않는 가치를 생각하며 살 수 있었던 이 시간이 진짜 나를 돌보고 성장하도록 만들었다고 생각된다.

남편도 나도 자기 말만 하던 사람이었는데 이제 귀를 열어놓고 상대방이 말을 시작하길 기다리는 사람이 되었구나 싶어서 눈물이 핑 돈다. 아이들은 엄마 아빠의 서툶에도 불구하고, 밝고 건강하게 자랐다. 걱정하던 일은 아무것도 일어나지 않았고, 오히려 보통 일도 좋은 일로 생각하며 사는 날이 많아졌다. 신기한 일이다.

치매가
나에게 알려준 것

치매는 죄가 없다. 누구에게나 올 수 있고, 그게 우리 가정만 비껴가라는 법도 없다. 그토록 불평불만에 최선을 다하던 나에게도 찾아올 수 있고, 내가 사랑하는 사람 누구에게라도 올 수 있는 공평한 병이다. 다만 누구에게라도 올 수 있는 그 병을 대하는 나의 자세는 반듯하게 정돈할 수 있다. 그것을 배웠다. 그게 가족 중 누구에게 왔을 때라도, 아니면 나에게 오고 있는 중이라고 해도 피할 길이 없고, 잘 받아들여 함께 안고 살아갈 길을 미리 만들어두지 않으면 안 된다.

매일 어머님을 돌보면서, 내게 남은 건강한 날을 손꼽아 보는 일을 자주 했었다.

어머님 연세 - 내 나이 = 내가 건강하게 살아갈 수 있는 몇 년

이런 공식이 무조건 성립하는 것은 아니지만, 최소한 이 몇 년은

꼭 확보하고 싶은 마음이 커졌다. 바로 하루 앞도 내다보기 힘든 인간의 삶이지만, 몇십 년이라는 시간이라도 확보해두고 하고 싶은 일을 실컷 하면서 살고 싶다는 생각은 할 수 있었다. 그렇게 계산해 본 시간이 대략 20년이었다.

그리곤 먼저 나의 지난 20년을 되돌아보았다. 스무 살부터 마흔 살까지 정말 눈 깜빡하니 지나가 버린 것처럼 가파르고, 날렵하게 지나간 느낌이다. 그중 특히 좋았던 것은 현실의 어려움을 이겨내고, 노력해서 원하던 것을 이뤘던 순간들이다. 상황과 여건이 안 된다고 불평하고 토라져 있던 때는 지나고 보니 내 소중한 인생의 시계를 헛바퀴 돌게 만들던 구간이라는 것을 알게 되었다. 대신 어떤 환경에 처해있을지라도, 그저 내가 낼 수 있는 만큼의 땀방울들을 모아서 결실을 만들어내던 과정이 유난히 가치 있게 느껴졌다.

그럼, 앞으로 남은 나의 건강한 20년을 설계해 볼 때도 이 규칙을 똑같이 적용해보면 어떨까 싶어졌다. 우리가 간병을 하며 가족을 서로 아끼고 위기를 이겨내는 법을 배웠다고 해서 앞으로 우리에게 또 다른 힘든 일이 찾아오지 않으리라는 법은 없다. 그럴 때 또다시 과거에 그랬던 것처럼 원망할 구석을 찾고, 대신 희생양 삼아 미워할 무언가를 만들지는 않을 것이다. 최대한 상황을 힘차게 받아들이고, 내가 할 수 있는 작은 일부터 시작해서 내 주변을 다듬어 나갈 것이다. 그런 점을 배웠다. 불평하지 않고, 있는 그대로의 상황을 담담하게 받아들일 것. 그것이 안 되어서 초반에 몹시 힘들었기 때문이다.

또한 지금 내 옆에 있는 사람과 현재를 만끽하며 사는 것이 얼마나 가치 있는 일인지 알게 되었다. 내 인생이 구겨진 색종이라면, 그걸 다시 펴는 일이 불가능할 거라는 생각을 했다. 그러니 자꾸 구겨진 것을 버리고, 새로운 종이를 꺼내는 것처럼 환경을 바꾸고 새로운 친구를 찾아서 헤매려고 했던 것 같다. 그런데 이미 구겨져서 주름이 잡힌 그 색종이마저 썩 괜찮은 작품을 만들어내기에 충분하다는 걸 알게 되었다. 그리고 구겨진 색종이가 만들어내는 작품이 주는 편안함이 있다는 것도 깨닫게 되었다.

인생에 흠 하나 없기를 바랐다. 이미 나 있던 상처도 못생긴 흉터라고 생각하며 숨기기에 바빴고, 모난 곳은 없는지 살피다가 신경 쇠약에 걸릴 것 같았다. 그렇게 단속하고 검열하다가 기운이 빠지는 날이 많았다. 그런데 가정에서 돌봐야 할 일이 많다 보니, 그 모든 것이 불가능해졌다. 최소한의 것만 하면서 우선순위를 정하는 일이 더 시급해졌다. 그러니 남는 것은 오로지 지금 내 곁에 있는 사람들을 살피고 그들과 잘 지내는 일이었다. 멀리 있는 것, 중요하지 않은 것에 관심도 눈길도 줄 시간이 없었다. 그러자 자연히 그 많던 고민도, 사서 하던 걱정들도 힘을 잃었다. 그럴 필요가 없던 일에 참 애를 쓰며 살았다는 걸 그제야 알게 되었다.

대체로 남이 나를 어떻게 생각할까, 나는 어떻게 해야 남에게 인정받을까와 관련된 질문과 고민이 전부 쓰레기통에 넣어버리고 싶은 류의 자신을 지치게 하는 생각들이었다는 걸 알게 되었다. 대신 새롭게 만들어내는 오류도, 모순도, 방황도 전부 감싸 안기로 마음을 먹은 것이다.

그 모든 흠을 잘못이 아니라, 더 나아지는 과정에서 만들어지는 예쁜 무늬라고 받아들이게 된 것이다. 그러지 않으면 버틸 수가 없었다. 어머님을 대하는 나의 행동에도 날마다 죄가 쌓여간다는 생각으로 접근하면 장기간의 간병 생활을 아예 이어갈 수가 없었다. 대신 매일 나아지는 중이고, 이토록 서툴지만 노력하는 자체로 이미 할 수 있는 모든 것을 다 하는 중이라는 것으로 생각을 바꿔 먹게 되었다. 그러니 스스로 칭찬하고 다독이며 포기하지 않을 수 있었다.

마지막은 존중하고 사랑하는 마음을 표현하면서 살아야겠다는 것이다. 8년간의 간병 기간을 통틀어 가장 많이 변화한 사람은 남편이다. 화끈한 성격이었던 쿨가이는 어느새 어머님의 병원 서류, 보험 관련 서류를 자세하게 챙기고, 치매 지원제도와 등급을 자세하게 알고 미리 준비하는 세심한 남자가 되었다. 어머님의 치매 증상에 매일 마음이 무너져내리던 그를 보면서 내가 할 수 있는 위로가 참 미약하다는 생각에 같이 속이 무너져내리던 시간을 우리는 함께 보냈다. 그러면서 감사와 사랑을 표현하는 것이 내가 할 수 있는 유일한 일이라는 것을 배우게 되었다.

우아하게 쓰고 싶지만, 서로 밑바닥을 보일 수밖에 없었고, 어머님의 텅 빈 눈동자를 보고 돌아오는 길에는 우리조차 영혼이 텅 빈 느낌이라 작은 일에도 신경이 곤두서고 말이 밉게 나가는 때도 있었다.

하지만 우리는 아픈 시간을 많이 보내봤기에 더 이상은 아프고 싶지 않다는 마음도 그만큼 컸다. 아이들에게도 멍든 마음을 물려주고 싶지 않았다. 그래서 더욱 사랑한다, 고맙다, 미안하다고 말하는 것을 아끼지 않았다. 그게 할 수 있는 유일한 일이었기 때문이다. 그 기본적인 말들이 우리 가정을 단단하게 만들어주었다. 마음의 앙금이 커지기 전에 짧은 말 한마디가 얼른 토닥토닥 쓰다듬어주고 생채기 난 부위를 따뜻하게 만들어주었다. 나도 남편도 그 효과가 얼마나 큰지 알았기에 더 자주 마음을 담아 할 수 있었다.

가족 중 누가 아프다는 것은 다 같이 신경이 예민하고 날카로워진다는 것을 전제로 하는 일이다. 동시에 그 아픔을 극복하면서,

그동안 각자가 가지고 살던 아픔을 같이 꺼내서 치료할 수 있는 좋은 구간이기도 하다. 그러니 병이 온 것을 담담히 받아들이고, 함께 마음을 문질러 가며 같이 나아질 기회로 삼을 수 있기를 바란다. 우리 가족이 그랬던 것처럼.

20년 전에 미리 받은 효행상

고등학생 때 얼떨결에 효행상을 받은 적이 있다. 조회 시간에 우리 반에서 효행상 받을 친구를 추천하라는 담임 선생님 말에 목소리 큰 친구가 나를 지목한 것이다.

"은정이요! 왠지 효도 잘할 것처럼 생겼어요."

요즘은 착할 것 같다거나, 순수할 것 같다는 말조차 상대방에게 함부로 할 수 없는 시대이다. 대신 자기 앞가림 잘할 것 같다거나 절대 어디 가서 손해를 볼 것 같지 않다고 이야기하는 게 도리어 칭찬하는 말인 경우가 많다. 그런데 효도 잘할 것 같이 생겼다는 그 친구의 말이 아직도 귓가에 맴맴 돈다. 내가 그렇게 생겼었나? 지금도 그렇게 보이는 걸까?

어쨌든 다른 추천자가 없었던 관계로 내가 우리 반 대표로 효행상을 받았다. 상장을 받아들고 와서, 내가 효녀가 맞나 한참을 궁리하듯 들여다보던 기억이 난다. 효도가 종이 한 장으로 증명된다는 것도 이상하고, 친구가 보기에 내 이미지가 그랬다는 것도 효도를 떠나 뭔가 그저 어수룩한 내 모습을 들킨 것 같아 부끄럽기도 했다.

쑥스럽던 고등학생은 어느덧 아이 둘의 엄마가 되었고, 어머님이 홀로된 후에 어느 날 시댁 친척에게서 이런 전화를 받았다.

"새댁이 직장 다니면서 돈 잘 버니까, 시어머니 가방도 좀 사드리고 옷도 사드려라. 지난번에 만났을 때보니까 영 유행 지난 것만 들고 다니고, 겨울 코트도 새로 장만해야겠더라. 큰집은 아무래도 사는 게 빠듯하니까, 둘째지만 새댁한테 이야기한다. 아무래도 형편이 좀 낫잖아. 가방은 ○○○○ 브랜드가 좋더라."

고분고분하게 대답하고, 그러겠다는 확답을 하고서야 통화가 끝났다. 아이들이 한참 자랄 때라 육아에 필요한 용품을 사는 것만으로도 빠듯한 살림이어서, 내가 사고 싶은 옷과 가방을 사는 건 일찌감치 포기하고 살았는데 어머님의 외모를 내가 가꿔 드려야 한다는 친척의 지적은 수긍이 가면서도, 동시에 반발심이 들었다.

사드리고 싶다는 마음은 내가 결정하는 건데, 효도를 강요받는 느낌이 들었다. 하지만 마음속에 이런 뾰족한 감정이 생겼다는 걸 아무에게도 말할 수 없었다. 그런 마음을 어서 거두고, 어머님과 백화점에 가서 함께 가방을 둘러보았다. 어머님은 사실 가방이 필요한 게 아니라, 운동화가 필요하다고 하셨다. 어머님께 가방도 운동화도 다 사드리겠다고 했다.

그때는 어머님이 무언가를 기억하고, 판단할 수 있을 만큼 대화가 가능한 때였다. 나의 의지를 끌어내어 선물했던 몇 가지를 받아들었던 경험을 마지막으로, 어머님은 이내 기억을 잃었다.

그 후 어머님은 내가 사드리는 모든 것을 기억하지 못한다. 이제는 멋내기용이 아니라, 철저히 어머님의 몸을 외부의 온도로부터 보호하고, 간병하는 사람이 수월하게 갈아입힐 수 있는 옷으로 구입하고 있다.

남편과 함께 요양원에 가서 어머님 면회를 해도, 어머님에게 필요한 옷을 새로 구매해야 한다는 이야기는 내 얼굴을 보고 한다. 요양보호사가 알려주는 조건에 잘 맞는 것으로 구매하기 위해서 준비해간 수첩과 펜을 꺼낸다. 요양원 내부는 난방을 따뜻하게 유지하기 때문에 너무 두꺼운 옷은 오히려 불편하다, 조끼가 입고 벗기기 편하기에 두 개 정도 있으면 좋다, 속옷이 새로 필요하다 등등 잘 적어온 것을 잊지 않고 구매한다.

인터넷에 '할머니 옷', '요양원 옷'을 검색하면 어르신들이 편하게 입을 수 있고, 보온에도 신경 쓴 옷이 검색된다. 그러면 어머님 체형을 짐작해서 주문한다. 요양원으로 바로 도착하도록 지정하지 않고, 우리 집으로 배송되도록 한다. 내가 먼저 옷이 적정한지 확인해보고, 택도 제거하고 한번 세탁도 해서 간식과 함께 담아드리기 위해서다.

이제는 계절마다 어머님 옷을 준비한다. 누가 시켜서 하던 단계는 이미 지나갔다. 요양원 직원과 잘 소통하면서, 남편은 잘 모르는 여자 옷을 준비하는 것은 온전히 내 몫이다.

20년 전 효행상 상장을 받을 땐 그게 왜 내 손에까지 들어왔는지 이유를 몰랐다. 하지만 이제는 내가 나에게 이따금 효행상을 주는 마음으로 살아가고 있다. 어머님이 여름에는 에어컨 바람 아래에서 너무 춥지 않도록 얇은 긴 팔을 준비하기도 하고, 얄팍한 솜이 들어가서 너무 둔하지 않고 충분히 따뜻한 겨울 바지를 구입하기도 한다. 그때마다 내 마음은 상상만으로도 푸근하다.

때로는 의미를 잘 모르던 것도 그저 말없이 꾸준히 하다 보면, 차츰 자기만의 뜻을 만들어갈 수도 있는 것 같다. '효도'가 내게 그렇다. 부모님 세대가 했던 효도는 내가 받았던 전화처럼 강요된 것일 수도 있다. 하지만 우리 세대가 만드는 효도는 다른 모양이어야 마땅하다.

처음엔 어쩌면 불성실해 보이고, 하는 모양새가 영 탐탁하지 않아 보일 수도 있다. 하지만 꾸준히 하다 보면 백 명의 사람이 백 가지의 정의를 만들면서, 자신만의 뜻을 분명히 완성할 수 있을 것이다.

　내가 찾은 효도의 의미는 '세대와 세대의 매끄러운 연결'이다. 연결 과정이 거칠 수도 있지만, 꼭 필요한 과정이고 윗세대와 아랫세대가 서로 이해하고 사랑하는 데에 결정적인 역할을 하기 때문이다. 훗날 우리 아이들도 자기만의 효도에 대한 정의를 잘 찾아가길 바란다.

죽음을 만날 때마다 드는 생각

내가 목격한 첫 번째 죽음은 우리 집에서 돌아가신 할아버지의 마지막 모습이었다. 내 나이는 딱 지금 아들의 나이와 같은 초등학교 1학년이었고, 평소에도 늘 누워서 생활하시던 할아버지가 화장실에서 방으로 혼자 걸어오지 못하셔서 엄마랑 내가 양쪽에서 부축해서 자리에 눕혀 드린 것이 마지막 기억이다.

그리고 몇 분 후, 할아버지가 돌아가셨다는 말을 들었다. 직전에 부축해드렸던 그 느낌이 생생한데 이제 더는 이 세상 사람이 아니라는 말에 얼떨떨하고 방금까지의 그 시간과 촉감이 부정당하는 것 같은 뿌연 기분이 들었다.

두 번째 죽음은 외할머니가 암에 걸린 후, 이미 병원에서 할 수 있는 모든 치료를 마치고 집에서 요양하며 마지막을 보내던 때였다. 대학교 1학년이었던 나는 그렇게도 부지런하게 온 집안을 쓸고 닦으셨던 할머니가 내내 누워계신다는 현실에 쉬 적응하지 못했다. 베개에 대놓은 수건에 머리카락이 한 움큼씩 묻어나던 것도 낯설기만 했다.

주말을 할머니와 함께 보내고 월요일에 학교에 갔는데, 할머니가 돌아가셨다는 소식을 전화로 들었다. 곧바로 장례식장으로 향하면서 며칠 전에 대학교 캠퍼스를 걷는 내게 전화하셨던 할머니를 생각했다.

"은정아, 잘 살아야 해. 지금까지처럼 착하게, 바르게 살면 된다. 그러면 된다."

유언이 되어버린 짧은 그 말씀이 떠올라 눈물이 떨어졌던 기억이 생생하다.

그리고 그 후에 목격한 또 하나의 죽음. 바로 친구와의 이별이다. 대학 생활을 열정적으로 즐기던 친구가 어느 날 강의실에서 나오는 길에 갑자기 쓰러졌다. 그 친구는 백혈병을 앓다가 20대의 젊은 나이로 세상을 떠났다. 한동안 아무것도 손에 잡히지 않았다. 삶과 죽음의 경계가 얇게 맞닿아 있다는 것이 실감 나지 않았다.

직장생활을 하면서도 아끼던 동료 둘을 암으로 떠나보냈다. 너무 평온하게 잘 굴러가는 회사가 원망스러울 정도로, 근로자 둘의 빈자리는 흔적도 없이 쉽게 사라졌다. 죽음을 가까이에서 볼 기회가 있을 때마다 느낀 점은, 반대로 삶은 도대체 무슨 의미가 있을까 하는 것이었다.

남편과 밤마다 어머님의 잠자리를 챙기고 오면서 많은 이야기를 나눴다. 남편도 지인들과 어머님 간병에 대한 이야기를 나누고, 다른 집안의 이야기도 듣곤 했다. 그러던 중 남편이 이런 이야기를 했다.

"우리 엄마는 이미 죽었어. 나는 엄마의 육신을 돌봐드리는 것뿐이야."

내가 어머님을 보는 것보다, 남편이 어머님을 바라볼 때의 마음은 더 찢어지는 듯해 보였다. 자꾸만 멀쩡하게 생활하시던 어머님의 모습이 겹쳐지기 때문에 말귀를 못 알아듣고, 행동이 느려진 어머님의 현재 모습이 그의 마음에는 속상함 위에 놓이게 되는 거였다.

그의 그런 답답한 마음을 아는 형에게 토로하던 중, 그 형도 같은 경험이 있다면서 이미 부모님의 영혼은 돌아가신 것과 다름없지만 지금 육체가 세상에 남아 있기 때문에 자식으로서 완전한 이별 전에 먼저 조금씩 준비할 수 있는 시간을 가지면 된다고 다독여 주었다고 한다.

그 조언이 남편에게 도움이 되었는지는 모르겠다. 하지만 어머님이 이미 돌아가신 것과 다름이 없다고 말하는 남편에게는 체념과 회한이 가득해 보였다. 온전히 살아 계실 때 잘해드리지 못한 것을 이제라도 만회하고 싶은 듯, 그는 최선을 다했다. 아마도 남편이 가지고 있는 죽음과 삶에 대한 경계선은 남들이 가진 것과 많이 다를 것이다. 어머님을 대하는 그의 마음에 그 경계선이 흐려야지만 버틸 수 있는 그만의 어려움이 있었을 것이다.

내가 죽음을 가까이에서 볼 때마다 도리어 더 궁금했던 것은 왜 이다지도 열심히 살아야 하는가였다. 나를 사랑해주던 사람들, 내 눈에 꽃보다 아름답게 보이던 사람들이 더 이상 이 세상에 존재하지 않는다는 괴로움은 상상 이상의 고난이었다. 살아남은 것이 미안한 생각이 들 정도로 힘들었다.

하지만 죽음을 목격하는 경험을 할 때마다 나는 삶의 이유를 찾아야만 했다. 누구도 대신 찾아주지 않는 나의 존재 이유, 이왕이면 멋진 삶을 만들고 싶은 이유를 매번 찾아보았다.

세상에 태어난 것도 내 의지가 아니었듯, 살면서 겪는 일 역시 의지대로 되는 것이 하나도 없다. 하지만 살아있는 사람들이 딱 한 가지 의지대로 할 수 있는 일이 있다. 그건 바로 아침에 눈을 떠서, 밤에 눈을 감을 때까지 하루를 의미와 재미로 꽉 채우며 주체적으로 살아가는 일이다. 그게 바로 삶이다.

내 하루를 어떻게 만들어갈지를 결정하는 일에 죽음이 영향을 끼쳤다. 나는 매 순간 잘 살아가는 내 모습을 만들고 있다. 지금은 내 곁에 없는 고인들의 생전 모습을 통해서 나는 삶의 지속성과 생명력을 배우고, 어머님의 육체를 돌보며 이제는 붙잡을 수 없는 당신의 영혼까지도 상상하면서 살아간다. 그렇게 내 삶은 상실 속에서 더욱 싹트고 잎이 무성해져 간다.

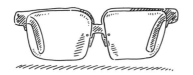

한 사람의 인생에서 마지막까지 필요한 것

어머님은 핸드폰을 '시계'라고 불렀다. 핸드폰도, 시계도 이미 그 기능대로 사용하실 일이 없기에 정확한 이름을 부를 이유도 같이 사라지는 게 아닐까 싶었다. 시계라는 별칭을 가지고 있던 어머님의 핸드폰이 언젠가부터 사라졌다.

아마도 집 안 깊숙한 곳 어딘가에 숨어있을 것 같다. 하지만 전원이 꺼진 핸드폰을 찾을 길이 없다. 그렇게 핸드폰은 어머님에게 오래전에 기능을 다 했고, 행방을 감추어버렸다.

오랜 세월 몸에 지니고 다니며 함께했던 핸드폰이 더 이상 필요하지 않아진다는 건 어떤 의미일까? 마치 기억력과 대인관계 능력을 위임하기라도 하는 듯 삶의 많은 부분을 핸드폰에 의지한 채 살아가는 요즘 사람들이다. 어쩌면 진짜 몸의 일부라고 생각하며 사는지도 모른다. 그만큼 눈에서도 손에서도 뗄 줄을 모르니까.

소유하고 있던 물건 중 어머님에게 가장 마지막으로 남은 물건은 무엇일까? 바로 '안경'이다. 어머님은 아직도 안경이 당신의 시야를 또렷하게 만들어준다는 것을 인지하신다. 아침에 일어나면 안경을 챙겨서 쓰신다. 물론 밤에 잠자리에 들 땐 벗겨드려야 하지만, 어쨌든 하루의 시작은 직접 챙긴 또렷한 시야와 함께한다.

밤에 어머님의 안경을 벗겨 드릴 때, 나는 일부러 어머님에게 묻는다.

"어머님, 안경은 어디에 둘까요?"

"네~ 여기 화장대 모서리 부분에 놓아주세요."

어머님은 또렷한 목소리로 대답한다. 매일 밤 아들과 함께, 혹은 혼자 찾아오는 나를 보며 어머님은 존댓말을 꼬박꼬박한다. 그러던 어느 날 어머님은 대화 중 갑자기 피식 웃은 적이 있다. 나를 기억하고 웃는 건지, 기억하지 못하고 웃는 건지 몰라 당황하는 마음이 생겼다.

웃음을 보인 어머님에게 무엇이 그렇게 우스운지 여쭤봤다. 어머님은 내복 차림으로 나를 만난 게 쑥스럽단다. 어머님에게 남아 있는 '부끄러움'이라는 감정이 참 귀하게 느껴졌다. 아무리 '준이엄마'라고 소개했을지라도 어머님에게 나는 잘 모르는 낯선 사람인 것이다. 그 낯선 사람이 밤에 내복 바람으로 있는데 찾아온 것이 부끄럽게 느껴져서 혼잣소리로 웃음을 지은 거였다.

집으로 돌아오는 길엔 내내 어머님 생각을 하다가 내 삶에서 마지막으로 남을 물건과 감정에 대해서 상상해보았다. 노트북, 집, 차, 핸드폰, 옷, 책… 여러 가지 물건이 떠오른다. 지금은 애지중지하는 물건들이 삶의 마지막 순간까지 지금과 같은 가치를 가지고 있을까?

내가 만약 어머님처럼 기억을 조금씩 잃어간다고 가정했을 때, 어떤 감정을 마지막까지 가지고 가게 될까? 어머님이 소중하게 가지고 있는 '부끄러움'이라는 감정을 나도 꽉 움켜쥐고 있을까? 그때 가서 다른 사람들에게 불필요하게 내세우던 자존심, 자만심, 우월감, 열등감 같은 감정이 과연 소용이 있을까?

갑자기 맥이 풀려 버렸다. 지금 그토록 움켜쥐고 있는 감정들이 생의 완숙기에 들어서는 아무 의미가 없어질 거라고 생각을 하니 지금 겪고 있는 문제들이 갑자기 작게 느껴졌다. 어머님이 내게 이런 시간의 길고 짧음과 그로 인해서 보다 귀한 것을 구별할 수 있는 지혜를 주려고 내 삶에 오신 게 아닐까 싶어졌다.

내 삶에서 마지막까지 귀하게 여길 대상과 감정에 대해서 다시 생각해보았다. '우리 가족'과 '사랑하는 마음'을 생을 마치는 순간까지 소중히 대하고 싶다. 이걸 다시 상기하고 나자 삶의 소소한 문제들이 그저 아이들 장난감처럼 느껴졌다.

마흔 살,
이제 내 인생을 살고싶어

19살 때는 고3이었고, 29살 때는 유학길을 떠난다고 인생의 기로에 선 듯 살았으며, 39살에는 8년간의 간병에 쉼표를 찍듯 어머님을 요양원으로 모시게 되었다. 십 년에 한 번 다가오는 아홉수 때마다 인생의 고비를 넘기고 있었다.

나의 삼십 대는 남들과는 조금 달랐다. 보통의 여성이라면 일에만 집중하거나, 아이 키우는 데에만 열중했을 것이지만, 나는 어머님을 셋째 아이로 받아들이기로 하고 윗세대와 아랫세대를 동시에 돌보면서 시간을 보냈다.

지금 내가 가진 가치관도 그 경험을 통해서 얻게 된 것이다. 어쩌면 또래들과 다를지도 모른다. 자녀 교육과 미용 같은 것에 관심을 두기보다는, 좋은 삶이란 무엇인지 찾고 싶은 열망이 더 크고, 어떻게 하면 평범한 사람이 큰 사랑을 나누면서 살 수 있을지에 대한 소망이 크다.

하고 싶은 일이 줄어들지 않는다. 마치 지나간 나의 삼십 대가 엄마다움, 아내다움, 며느리다움에 사로잡혀 있었던 느낌이다. 자유로워지려고 발버둥을 쳐보았지만, 쉽지 않았다. 자애로운 엄마, 지고지순한 아내, 순종적인 며느리라는 고정관념에서 빠져나오는 게 쉽지 않았다.

대신, 마흔 살부터는 진정으로 자유롭게 살아가려고 한다. 눈을 감고 나의 사십 대를 그려보기만 해도 박하 향이 번지고 시원한 바람이 머리칼을 흩날리는 듯 청량한 느낌을 마음껏 들이마시고 싶다.

어릴 때 오래 살았던 동네의 미루나무 숲이 생각난다. 유치원 때는 처음으로 소풍 간 장소였고, 초등학생 때는 그림그리기 대회에 나갔던 장소이다. 그 숲에서 초록색을 배웠고 강바람과 숲 바람을 익혔다. 거기에서 품었던 그 순수함과 천진난만함을 다시 찾아오고 싶다. 마흔 살부터는 초록색의 싱그러움과 더 가까워지고 싶다.

시간으로부터도 자유로워졌고, 어머님도 요양원 생활에 적응해가고, 남매도 둘 다 학교에 입학해서 자기 앞가림을 해가고 있다. 이제부터는 손길을 두던 대상을 바꿀 차례다. 나의 두 손으로 남이 아닌 나를 쓰다듬고 어루만지며 살아가려고 한다.

마흔에 새로운 꿈을 꿔도 얼마든지 이룰 수 있고, 꿈을 향해서 살아도 된다는 것을 자꾸만 확인하면서 살고 싶다. 어릴 때부터 좋아하던 영어 공부도 작은 짬을 만들어 계속할 것이고, 책을 통해서 가보지 못한 세상을 마음껏 여행해 볼 작정이다. 이제부터는 서로 사랑하고 응원하는 관계를 탄탄하게 만드는 데에 더 집중할 것이다. 그를 통해 서로의 꿈을 지지하는 사람들과 더 깊게 사귈 것이다.

어머님을 모시는 동안 다음으로 미뤄온 일들을 이제부터는 적극적으로 찾아서 하고 싶다. 인생 시계가 건강하게 움직이는 동안, 할 수 있는 최대한의 탐험을 이어갈 것이다. 그동안 쌓아온 경험을 바탕으로 내 힘이 닿을 수 있는 가장 멀리까지 관심을 가지고 도전을 멈추지 않을 것이다.

여든이 넘고, 아흔이 넘어서 마흔을 회상했을 때, 그때 조금 더 과감하게 살아볼 걸 하면서 후회하지 않고 싶다.

남은 인생에 가장 젊은 날을 사는 지금, 나는 더 행복하고 더 과감하게 노력하고 사랑하고 도전하고 기록하며 매일매일 진하게 살아갈 것이다. 끝나지 않을 것 같던 간병 시간을 통해서 오늘의 가치를 배웠기 때문이다.

흩날리는 눈송이같이 여기기엔 너무 귀한 하루.

가볍게 소홀히 여겼다간 사라져버릴 시간이지만 꾸준히 쌓아간다면 내 삶을 위대하게 만드는 것은 물론, 주변 사람들의 인생도 바꿀 수 있게 도와줄 수 있을 현재를 절대 가볍게 여기지 않을 것이다.

마흔부터는 모든 면에서 최대한의 자유를 누리면서 살 것이다. 그렇게 할 수 있겠다고 마음먹게 된 데에는 그 이면에 져야 할 책임에 대해서도 흔쾌히 받아들일 마음을 가졌기 때문이다.

이제 내 삶에서 더는 도망가지 않을 것이다. 쉬운 길을 찾지도, 빠른 길을 구하지도 않을 것이다. 어떤 길을 만나도 홀가분하고 가뿐하게 내가 가진 능력을 잘 사용하면서 당차고 매력 있게 걸어갈 것이다.

간병이란 우울한 일이라는 프레임에 갇히지 않을 것이고, 엄마라면 이래야 한다는 틀 안에서도 탈출할 것이다. 내가 걷는 길을 계속 그려나가면서, 나는 반드시 진정한 자유를 향한 내 인생을 완성해갈 것이다. 이제는 그래도 된다는 마음속의 외침이 터져 나온다.

영국까지 따라온 소개팅남

　운명같은 만남을 시작한 나와 남편은 특별한 러브스토리의 주인 공이다.

　업무를 위해 찾아갔던 바로 옆 건물 사무실, 담당자와 대화를 마치고 돌아 나오려는 나에게 그는 괜히 아는 체를 하며 말을 걸었다. 업무적으로 관련이 없었기에 가볍게 호응하고 얼른 나오려는 나에게 그는 사탕을 손에 쥐어 줬다. 얼떨결에 받아서 주머니에 넣고는 사탕과 함께 그의 존재도 까맣게 잊었다.

　당시 나는 오래전부터 꿈꾸던 영국으로의 유학을 한 달 앞두고 있었던 시점이었다. 그때까지 맡은 업무는 깔끔하게 마무리하고 싶었고, 알고 지내던 사람들과도 매일 작별 인사를 나누느라 식사 약속을 촘촘히 잡아 둔 상황이었다.

　그런데 갑자기 회사의 선배로부터 소개팅하지 않겠냐는 제의를 받았다. 지금 새로운 일을 시작하거나, 새로운 사람을 만날 상황이 아니었기에 유학을 앞두고 있어서 어렵겠다고 완곡하게 거절했다. 그런데도 상대방이 괜찮다고 했다며, 그냥 밥만 한 끼 같이 먹는 것으로도 좋겠다는 것이었다. 그렇게 딱 밥 한 끼 같이 먹기로 했던 사람이랑, 몇 년 후 매일 밥을 같이 먹게 되었다.

소개팅에서 만난 그는 쾌활한 성격이었다. 마치 나를 오래전부터 알고 있었다는 듯한 표정을 지으며 이미 가까운 사람인 양 친근하게 대했다. 그리곤 웃으며 고백했다. 자기가 얼마 전 옆 건물에서 내게 사탕을 건네줬던 바로 그 사람이라고.

그때 처음 만난 이후로 내내 생각하고 있다가, 알고 지내던 우리 회사 선배에게 만나게 해달라고 부탁을 했다는 것이다. 나는 아무것도 모르고 나갔다가 그 사실을 알고 깜짝 놀랐었다.

처음 만난 사이인데 내가 남긴 밥도 그가 다 먹었다. 곧 유학 갈 거라는 말에 그는 진지하게 만나고 싶다고 이야기했다. 그리고 곧이어 자기도 영국으로 함께 가겠다고 했다. 설마 진짜일까 싶었는데, 그는 휴직을 신청하고 정말 먼저 떠난 나를 따라서 런던으로 왔다.

그렇게 혈혈단신 떠났던 유학길은 갑자기 보디가드라도 생긴 듯 든든한 여정으로 바뀌었고, 쾌활한 그의 성격 덕분에 여러 나라에서 온 친구들과도 잘 지내고, 새로운 장소로 탐험하는 것에도 두려움을 떨칠 수 있었다. 그의 한결같은 응원과 지지로 논문도 잘 마치고 한국으로 돌아올 수 있었다.

그렇게 인생을 걸고 새로운 도전을 하던 나의 스물아홉에 그를 만났고, 그 역시 자신의 인생을 걸고 나를 따라 영국으로 온 것이었다. 우리 둘 모두에게 놓치고 싶지 않은 소중한 것을 손에 꼭 움켜쥐고 싶었던 시절이었다.

한 남자의 열정의 대상이었던 나는 유학을 마치고 돌아와 계속 공부를 이어가고 싶다는 열망을 잃고 말았다. 결혼과 두 번의 출산을 통해서 경력을 순탄하게 잇는 것이 점점 어려워졌다. 꿈꾸던 이십 대까지의 삶이 있었다면, 현실의 냉혹함을 절절하게 느껴야 했던 삼십 대가 기다리고 있었다.

더구나 짐작도 하지 못했던 어머님의 간병 생활이 몇 년간 계속되면서 우리는 사랑하던 마음을 잊어버리고, 원망하는 마음을 자꾸만 키워갔다. 상대방이 조금만 더 희생하고 노력해주기를 바라는 마음만 자꾸 커지고, 내가 먼저 양보하고 위로하고 싶은 마음은 자꾸만 줄어들었다. 그땐 마음이 아주 괴로웠다.

그로부터도 몇 년이 흘렀다. 어머님을 돌보는 시간을 통해서 우리는 다시 우리만의 러브스토리를 쌓아가고 있다. 매일 밤 함께 산책하면서 대화하는 소중함을 알았고, 유럽에서 둘이 자박자박 걸으며 한국에 대한 향수병을 느낄 새도 없이 자꾸만 더 새로운 곳으로 향하고 싶어 하던 그 마음을 끌어낼 수 있었다.

어머님이 요양원으로 가신 후로는, 아이 둘을 재워두고 일부러 산책길에 나서기도 한다. 나와 대화가 가장 잘 통하는 사람으로 다시 나타나 줘서 고맙다는 생각이 든다. 우리가 함께 보낸 지난 8년을 통해서 둘 다 더 성숙해진 느낌을 받는다.

결혼한 지 꼭 10년 차가 된 지금에 와서야 그를 진정으로 사랑할 수 있게 되었다. 끝이 없는 터널같이 느껴지던 갈등도 지나고 보니 한때 지나가는 기차 같은 것이었다. 그 기차는 출발역과 도착역이 정해져 있는 단기 운행 열차였는데, 당시에는 무한궤도를 달리는 끝 없는 불행이 될까 봐 겁을 잔뜩 먹고 오해하고 방어하기 바빴었다.

아이들이 우리 둘을 보며 미래에 꾸려나갈 자신의 가정에 대한 본을 그려간다는 걸 언젠가부터 알게 되었다. 남편과 내가 나누는 눈빛, 말투, 분위기를 보고 아이들은 자기들이 할 말도 결정하곤 했다.

마흔부터 시작하는 남편과의 사랑은 내 인생의 첫사랑과도 같다. 우리는 함께 고비를 넘었고, 지금도 남은 고비를 마저 넘기 위해 손을 맞잡는 중이다. 앞으로 아이들이 시집장가가고 나면 우리는 육아와 부양에 쏟은 시간보다 훨씬 긴 시간 동안을 둘이 정을 나누며 살아가야 할 것이다. 마흔부터 진짜 내 인생을 살기로 마음먹은 것처럼, 내 인생의 진정한 사랑도 이제부터 시작이라는 생각이 든다.

나에게 행복한 삶에 대한 가득한 꿈이 있는 것처럼, 그 역시 늘 새로운 것을 배우고 도전하는 것을 좋아한다. 앞으로는 그의 꿈을 더욱 마음껏 응원하고 지지하면서 살 것이다. 그게 사랑하는 사람을 위해 내가 할 수 있는 배려이자 예의라고 생각한다.

긴 터널의 끝에는 도대체 뭐가 기다리고 있을지 참 궁금했었다. 걱정하던 일은 아무것도 일어나지 않았다. 대신 좋은 일이 참 많이 기다리고 있었다. 인생에서 좋은 일이란 게 과연 뭘까? 많은 돈, 넓은 인맥, 번듯한 직장, 공부 잘하는 자녀?

끝이 없는 터널과도 같던 8년간의 간병을 기록하면서 발견한 인생에서의 좋은 일이란, 배우자와 다정하게 지내는 것이다. 8년의 시작점에 섰을 때 난 그것을 잘 못 하고 있었고, 많은 노력과 희생, 용서와 깨달음 끝에 그와 내가 품고 있던 처음의 설렘과 지금의 성숙한 배려를 합쳐서 이제는 사랑을 느낄 수 있게 되었다.

우리 부부가 갖는 서로에 대한 사랑이 어머님에게는 따뜻한 보살핌으로, 아이들에게는 넘치는 애정으로 전달될 거라 믿는다. 그를 사랑하게 되기까지 나의 삼십 대를 온전히 바친 느낌이다. 이제부터 시작하는 사십 대의 사랑은 영국에서보다 더 낭만적으로 만들어가고 싶다. 그때보다 조금은 더 성숙해진 마음을 바탕으로.

1. 간병하는 가족끼리 서로의 마음을 잘 돌본다.

2. 치매 지원 제도를 확인하고 이용한다.

3. 치매 어르신의 심리적 난처함을 상상해본다.

4. 간병 기간을 사랑을 배우는 기회로 여긴다.

5. 자신의 삶이 우선 바로 서 있는지 살펴본다.

6. 보다 나은 삶을 위해 지금 할 수 있는 일을 생각해본다.

7. 가장 작은 것부터 실천한다.

8. 내 삶이 바로 섬에 따라 생기는 에너지를 간병에 사용한다.

9. 치매 어르신의 안정과 평온을 지지한다.

10. 내 삶의 건강한 회복력을 믿는다.

누구에게나
돌봄 받는 시간이 찾아온다

어머님의 치매 발병과 우리 가족의 간병 경험을 기록하면서 발가벗겨진 기분이 들었다. 의학적인 지식은 없으면서, 감정적으로 무너지던 경험을, 의지적으로 이겨내 보려고 애를 쓰며 살았던 시간을 고스란히 담았기 때문이다.

온 세상이 맑고 평온해 보이는데, 우리 집 위에만 먹구름이 낀 건 아닐까 싶어서 하늘을 자주 올려다보던 시절이 있었다. 티 없이 맑은 아이들은 아무것도 모른 채 내 얼굴만 쳐다봤다. 울상을 짓고 싶지 않은데, 속에선 자꾸만 눈물이 났다.

사랑을 주는 것도, 받는 것도 익숙하지 않았다. 가족 안에서도 사랑을 많이 주는 쪽이 손해 보는 거라고 생각을 하면서 팽팽한 끈을 놓지 않고 있었다. 조금도 상처받고 싶지 않았고, 작은 먼지도 묻히고 싶지 않았다.

그런데 치매 어머님을 모시는 일은 그런 매끈한 일이 아니었다. 편안한 옷으로 갈아입고 완전히 머리부터 발끝까지 인생의 오르막과 내리막을 있는 힘껏 구르는 일이었다. 말끔한 걸 좋아하던 나는, 늘 어딘가에 뭘 묻히고 다니는 사람이 되었다.

처음엔 그게 흠인 줄 알고 자꾸만 털어내려고 했다. 셋째 아이가 되어버린 어머님은 아이 몇 명분에 해당하는 손이 가는 상황이었고, 두 집의 살림을 거두는 일은 역량 밖의 일이었다. 하다 보면 실수가 생기고, 어설픈 것이 기본이 되곤 했다.

완전무결함을 추구하던 내게 어느샌가 지푸라기가 머리에 붙는 것이 당연해지는 순간이 왔다. 그러자 자유가 찾아왔다. 이어서 사랑이 보이기 시작했다. 흠뻑 사랑받고, 마음껏 사랑을 표현하는 법을 몰라서 늘 애매하게 한쪽 다리를 걸쳐놓고 상처받지 않는 법에 더 관심을 가졌던 내가 변하기 시작했다.

어머님을 돌보면서 기억이 남아 있는 마지막 순간에 인간이 어떤 모습인지 미리 볼 수 있었다. 사랑을 품은 인간이었다. 그렇게 아등바등 살면서, 하나라도 더 움켜쥐려고 노력하던 것들이 끝에 가서는 손가락 사이로 모두 빠져나간다는 것을 본 것이다. 마치 인생이라는 시험의 모범답안을 미리 본 것 같은 기분이었다.

한 사람을 가치 있게 만드는 가장 위대한 것은 사랑이었다. 어머님은 내게 사랑을 가르쳐주셨다. 기억이 사라져가는 상황에서도 내 이름을 불러주셨다. 아이들에게 따뜻한 손길을 내밀어주셨다. 모든 것이 사라지고 동서남북 방향도 잊은 상황에서 기억하는 마지막 조각은 아들 한 명뿐이다. 어머님 배로 낳은 아들, 내 남편이다.

남편은 어머님이 기억을 잃어갈수록 툴툴거리는 날이 많아졌다. 내 눈엔 영락없는 서너 살 꼬마로 보이기도 했다. 하지만 엄마 사랑을 가장 듬뿍 받았을 그 시절로 본능적으로 돌아가는 게 아닐까 싶을 만큼 순수한 모습이었다. 어머님 역시 그에 질세라 어린아이처럼 투덜거리셨다. 그 둘을 바라보면서, 이게 진짜 사랑이구나 싶었다.

온갖 조건을 따지고 재면서, 사랑을 제대로 줄 줄도 받을 줄도 모르던 나는 부끄러운 날이 하루 이틀이 아니었다. 그냥 옆에 있는 게 사랑이고, 귀 기울이는 게 사랑이었다. 뭘 잘해서, 뭐가 대단해서 아끼고 위로받는 게 아니었다.

어머님의 치매가 더 이상 강 건너 불구경이 아니라, 내 손으로 지켜내야 할 보살핌의 대상이라는 생각이 들면서부터는 하늘을 원망하던 마음을 거두고, 현실을 받아들이는 편이 모든 면에서 낫다는 걸 알게 되었다. 늘 환경을 탓하던 오래된 고질병을 버릴 수 있었다.

잘 사는 법은 결국 잘 사랑하는 법이었다. 그리고 사랑은 특별한 능력을 지닌 사람만 할 수 있는 게 아니라 나처럼 불평 많던 사람조차 할 수 있는 편안하고 자연스러운 일이었다. 보고 듣는 것, 안고 쓰다듬는 것, 함께 걷는 것처럼 누구라도 할 수 있는 일이라는 걸 알게 되었다. 인간이라면 누구라도 할 수 있는 손을 겹치는 일, 마음을 포개는 일이 사랑이었다. 나는 그걸 몰랐다. 특별한 사람만 할 수 있는 줄 알고, 나는 못 한다고 생각했었다.

사랑과 함께 얻은 소중한 깨달음은 누구나 죽음을 맞이한다는 사실이다. 그걸 절실하게 느끼게 되었다. 딸이 일곱 살 때 죽음의 의미를 알고는, 자신이 생을 다할 때까지 엄마는 절대로 먼저 죽지 말라고 했다. 나는 알겠다고 했다. 지킬 수 없는 약속인 걸 알면서 그러겠다고 한 이유가 있다.

어머님은 간병 기간을 통해서 내게 많은 것을 남겨주셨다. 어머님을 돌보면서 알게 된 깨달음은 앞으로 평생 잊지 않을 것이다. 어머님 본인의 기억 상실 여부와 상관없이 내 마음에 영영 살아있는 것이다. 나도 딸과의 약속을 지키기 위해서 글을 쓰기로 마음먹었다. 아이가 글을 읽을 수 있는 나이가 되면 내가 써놓은 글을 보고 깜짝 놀라고 받아들이기 쉽지 않을 수도 있다.

하지만 아이 인생에도 누구에게나 그런 것처럼 자연스러운 오르막과 내리막이 찾아올 것이고, 혹시라도 가장 낮은 지점에 있다면 엄마가 어떻게 오르막을 오르며 살 수 있었는지 책을 통해 익힐 수 있을 것이다. 그러면 내가 곁에서 말해줄 수 없는 상황이 오더라도, 아이의 인생엔 작은 이정표 정도는 될 수 있을 거라 믿는다.

그렇게 누구에게나 공평하게 오는 죽음을 거스르지 않으면서도, 주고 싶은 사랑은 듬뿍 줄 수 있는 사랑 표현법이 각자에게 내포되어 있을 것이다. 자신이 할 수 있는 방법으로 마음을 듬뿍 담아 사랑을 주자. 자신이 만든 사랑법은 세상에 단 한 송이뿐인 소중한 꽃이고, 그 꽃의 향기는 결국 베푸는 사람의 삶을 가득 채우는 것은 물론 세상에 진동하게 될 것이다.

달빛마저 나를 응원해

초판 1쇄 인쇄 2022년 8월 10일
초판 1쇄 발행 2022년 8월 20일

지은이 김은정
펴낸이 이태선
펴낸곳 창작시대사

등록번호 제2-1150호(1991년 4월 9일)
주소 경기도 고양시 일산동구 장백로 20 동문굿모닝힐 102동 905호 (백석동)
전화 031-978-5355 **팩스** 031-973-5385
이메일 changzak@naver.com

ISBN 978-89-7447-265-8 03810

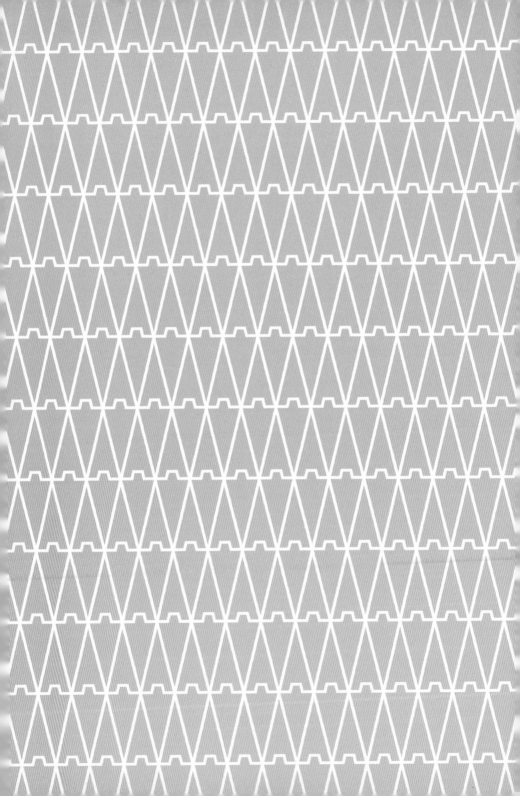

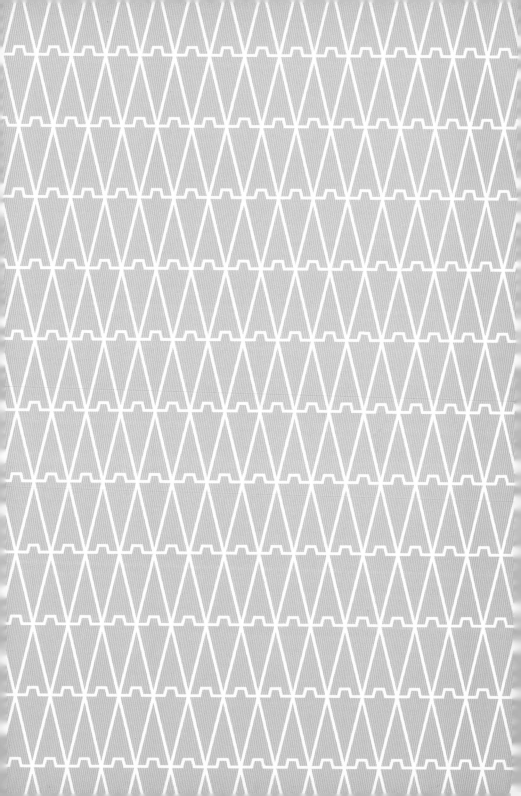